有栖川有栖

有栖川有栖

巴西蝴蝶之謎

有栖川有栖◆著
林敏生◆譯

【序】在座標原點附近拓展本格推理之樂趣——有栖川有栖

◎藍霄（推理作家）

一九九三年，北上參加國家考試的我，行囊中除了考試用書之外，還有兩本推理小說：島田莊司的《占星惹禍》與綾辻行人《奪命十角館》。

當然，國家考試不考推理小說，帶它們同行，主要是因爲考試結束後，我與同學特地轉往台北一家專門出版大部頭軍事懸疑小說的出版社，除了購買市面上已不常見的推理小說外，順便以讀者的立場建議：「可不可以考慮出版島田莊司、綾辻行人、法月綸太郎與有栖川有栖的推理小說？」當時實在不知道哪來的傻勁與勇氣？事後想想門路也不對，難怪出版社主事者翻翻我帶來的「範本」後還是不感興趣。總之，毛頭小伙子當年自以爲是的夢幻書單就是這四位的作品。

這十年來，台灣推理小說的翻譯出版與閱讀情況有相當大的變化，喜愛推理小說的讀者應該都可以感受得到，特別是最近一兩年來，在綾辻行人翻譯作品一部部發行、終於即將趕上作者的創作速度後，島田莊司的作品也逐步推出。那麼，與日本新本格推理比較有關係的推理作家系列作品中，下一位會是誰與台灣讀者見面呢？

原來是有栖川有栖。

一晃十個年頭過去，二〇〇四年小知堂文化出版社令我相當意外地推出了有栖川有栖的作品集系列，編輯小姐希望我能談談對有栖川有栖作品的想法，儘管最近略嫌忙碌，基於對有栖川有栖獨特的期待與偏見，我其實是毫不考慮地就答應了。

系列的第一本是《魔鏡》，通篇講的是本格推理的不在場詭計，對於數字的不在場時刻表，過去的我一向反感，因爲這類作品往往叫好不叫座，被公認是票房毒藥的推理小說。有趣的是，把有栖川有栖推薦給創元社的解謎大師鮎川哲也，他的作品過去給人的評價就是叫好不叫座；此外，有栖川有栖本身也曾編選一本本格推理傑作選，其中選譯了一篇台灣旅瑞的推理作家余心樂的〈生死線上〉，此亦是屬於這類型的時刻表作品，而這是有栖川有栖與台灣推理小說的連結，若要說是氣味相投的取向，其實也沒什麼不可以。

有心理準備後，個人逐字逐句推敲《魔鏡》的不在場證明之閱讀經驗相當美好，因爲這是一本條理分明，有層次感，主題首尾呼應的傑作，特別值得一提的是貫穿全書的「邏輯推理的周密性」。

雖然大家都承認邏輯推理是推理小說的生命（這也是歐美古典解謎推理的強項），但是一些呈現「彌留」狀態的推理小說，先不說一般讀者的態度，我自己是有點抱著睜一隻眼閉一隻眼的消極閱讀態度，也就是說，我看這類型的推理小說是看故事，故事好壞當然容易感受，邏輯有缺失好像也不影響其評價，或許展現邏輯旺盛生命力的推理小說，其魅力往往是相對隱晦的關係吧！

所以《魔鏡》並不是有栖川有栖的代表作品就可以理解了，尤其不足以顯現有栖川有栖何以會有一大群年輕讀者擁護的魅力所在。雖然個人由衷地對有栖川有栖的作品有好感，但說實在話，他的作品我讀過的數量是少得可憐，多半是從評論文章與網路資訊認識其人與作品。

二〇〇三年，經由電子郵件往來，我認識了一位專注在有栖川有栖作品的推理迷——宙璇小姐，透過她的轉述，我對有栖川有栖的作品脈絡因而更易掌握，透過她的轉述也讓我知道有栖川有栖在作家身分之外有趣的一面。據其所言，有栖川有栖主要作品分爲兩大系列：

一、江神二郎系列（俗稱學生篇）。以英都大學推理小說研究會會長江神二郎爲偵探，其學弟有栖川有栖爲助手。

二、火村英生系列（俗稱作家篇，又稱國名系列）。以英都大學社會學系犯罪學助理教授火村英生爲偵探，其友人推理作家有栖川有栖爲助手

有栖川有栖作品中最有趣的是作家本身和兩系列作品的兩位助手間的關係。

與作者同名同姓的敘述者雖是常見的手法，但有栖川有栖作品中卻有兩個同名同姓的助手，江神二郎系列中的助手有栖川有栖是喜歡推理小說，參加推理小說研究會的大學生，在小說中他所寫的小說是「臨床犯罪學者火村英生」的故事。相對地，火村英生系列中的助手有栖川有栖是專業推理作家，在小說中，他所寫的小說是「大學推理研究會」的故事。也就是說，學生篇中的助手寫的是

作家篇的故事，而作家篇中的助手寫的是學生篇的故事，這兩個世界是彼此互相描繪出來的，並不是說學生篇中的有栖川有栖長大後成爲了作家篇中的有栖川有栖。

江神二郎系列以長篇爲主，本格推理小說色彩較重；火村英生系列以短篇爲主，作風比較清淡，又稱國名系列（仿傚艾勒里・昆恩的國名系列），標題中鑲入國家名稱，但其中也有標題沒有國名的故事，只是以國名爲標題的書名在此系列較多，所以又被稱作國名系列。

本書《巴西蝴蝶之謎》即屬於典型的火村英生系列。有趣的是台灣推理雜誌曾譯過的三篇短篇推理小說〈笑月〉、〈紅雨莊殺人事件〉、〈絕叫城殺人事件〉也是屬於火村英生系列，再加上同屬本系列的翻譯長篇《第四十六號的密室》，也就是說，台灣讀者要認識有栖川有栖的作品還是多從火村英生系列開始。

火村英生系列在日本擁有相當多的女性推理迷，這也是個有趣的現象。

從這些作品來看，有栖川有栖當然是抱持較保守的本格推理創作態度，只是，同樣環繞在密室、詭計、邏輯、謎團、不在場證明這些本格推理小說的老套要件之作品爲何會有許多女性讀者擁護？

我想，除了作者本身的魅力之外，作品的親切可人自然可以拓展出更多的推理迷。火村英生系列被公認是很適合推理入門者閱讀的作品。要成爲推理入門的推理小說可不是隨隨便便就可如此稱之的，它要符合讓初接觸推理小說的讀者在閱讀之後既不會產生「咦？這是推理小說嗎？」的疑問，也不會因解謎過程描寫得太過複雜難解，讓入門者失去耐性、半途而退。

推理小說公認的入門書就是福爾摩斯探案。火村英生系列的偵探加上助手之模式其實也不脫這個範疇，故事的架構也很類似，加上極易讓人聯想到艾勒里・昆恩的啓發，或許有評論家或「資深推理迷」會對這種缺乏石破天驚創意的寫法稍微藐視。

其實就身爲推理讀者立場的個人來說，創作給入門者閱讀的推理小說與寫給滿足推理狂魔的嘔心瀝血之作，兩者其實是等價的；以同爲創作者的立場來看，尤其在本格原點附近以舊瓶裝新酒的方式來創作，這種創作方式並沒有想像中簡單。在前人已開發殆盡的創作領域中，要以本格故事吸引人，創作力綿綿不絕的有栖川有栖其實是相當成功的。

所以在台灣，認識有栖川有栖會從火村英生開始或許是個非故意的貼心安排吧！

《巴西蝴蝶之謎》收錄了一篇同名作之外，另外還有〈妄想日記〉、〈是她？還是他？〉、〈鑰匙〉、〈食人瀑布〉、〈蝴蝶飛舞〉等共計六篇本格推理短篇。說實話，短篇推理的鋪陳與線索的安排有時是難以讓人完全滿足的，但邏輯的推演其實並沒有多大的誤失，六篇作品充滿作者年經時的創作筆調，也很容易感受得到他對本格推理小說的熱情。

有栖川有栖出身大阪，筆下關於大阪的種種描述，很顯然的描寫了作者身處之地的風土民情，是閱讀有栖川作品時值得特別注意的地方，這何嘗不是一種讓讀者認同的寫作手段？

根據分析，火村英生系列的小說內容可以把本格特性之突出大概區分爲三大類：一類圍繞在「暗號詭計」、一類圍繞在「密室詭計」，另一類則是「怪異不可解的犯罪現場與謎團氛圍」，邊閱讀火村英生的故事，邊作歸類的舉動其實是件相當有意思的事情。

特別是第三類「怪異不可解的犯罪現場與謎團氛圍」，似乎在傳統的詭計分類中比較少被獨立出來討論，有栖川有栖曾編寫了一本《作家的犯行現場》，裡頭羅列了虛擬想像與實際的小說犯罪現場，圖文並茂。想來作者對於這類主題必然頗感興趣，個人本身也蠻喜歡這類的設定，有趣的是，不管是浪漫古典本格還是新本格的作家，很多都是這類設計的好手，讀者若細心觀察這類可以讓作家展現異想天開之想像力的設定，必然可獲致不同的樂趣。

一九八七年，綾辻行人《奪命十角館》出版，敲響解謎推理小說復活的鐘聲，這是相對於推理小說風俗化與解謎樂趣消失的反動，雖然在初期時，評論家的評價不高，但九〇年代之後，新本格派作家的表現有目共睹，也成功扭轉了新本格派作家的地位，引領了當代日本推理小說的風潮。

當然了，不少年輕有才氣的新本格作家投入，各類型的本格作品百花齊放，然而這當中不乏對本格推理形式有程度不同的破壞：所謂「另闢蹊徑」的作品也衍生了不少在本格作家座標軸極度邊緣化的作家，這個轉變是好是壞或許值得觀察，只是這種創作方向讓人回想當初新本格興起的背景與動機，難免令人有著是否偏了方向、走火入魔的疑惑，但是無論如何，不論本格作品如何極北、極東、極南，總是要對照於座標原點，否則難免失焦，讀者難免有迷失方向的困惑。

那麼，屬於新本格作家第一期的有栖川有栖，始終堅持本格推理座標原點的創作，或許值得本格推理迷花點時間與心思來認識。

巴西蝴蝶之謎

Butterfly

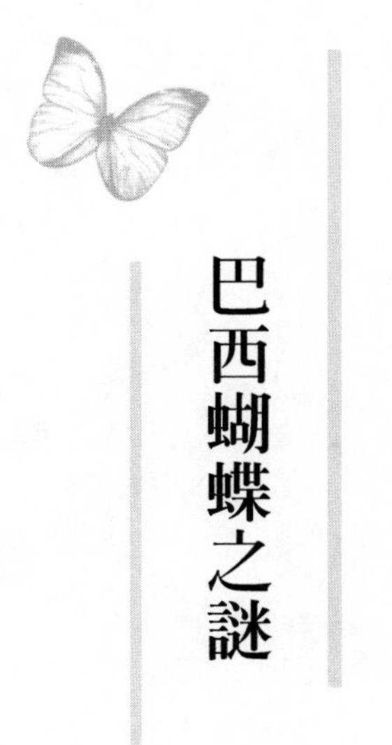

巴西蝴蝶之謎

1

我和來自京都的火村英生在阪急梅田車站的寶塚線月台會合，搭乘快車前往池田。池田是終點站寶塚之前的第七個車站，位於大阪府最北端。在上方落語（註：相當於中國的單口相聲）「池田的買豬人」中，被描繪成偏僻之地——事實上也是如此吧，不過由於小林一三開發了阪急線鐵道，目前已成爲高級住宅區林立的衛星都市。此行我們並非帶著伴手禮前往拜訪大學時代的恩師，而是和往常一樣，目的地是殺人事件的現場。

約莫二十分鐘後，我們抵達位於能勢，山巒聳峙的池田。案件現場在山腰間的宅邸。巡邏車不可能到車站來接我們，所以只好搭計程車前往。

上車後，火村唸出記事本上的地址。

「電話是船曳警部打來的嗎？」斜眼望著掠過眼前的街景，我問火村在電車上不知問過多少次的同一句話。

好友拂起明顯少年白的前額頭髮回答：「不，是森下打來的，他說：『這是非常符合你專精領域的奇怪狀況，應該也很適合有栖川吧』。」

對身為犯罪社會學家的火村而言，其所謂的領域乃是在警方同意之下，進入實際犯罪現場參與調查，觀察事件全貌。基於這種獨特的研究方法，我稱他是「臨床犯罪學家」，對其成果抱著莫大的關心，所以經常和這次一樣，藉著助手的名義同行。

與任職大學助理教授的他不同，所謂的推理作家乃是自由業者，因此就算突然接到他的電話問說「要不要一起去」，我通常可以馬上回答「好呀」。對此，一位熟識的編輯就常笑說「你的生活實在太多閒暇了」。

「所謂的奇怪狀況是怎麼回事？」

「我沒問。不過最好不要像你寫的小說那樣，充滿幻想又簡單明瞭。」

我正想著「簡單明瞭不好嗎」之時，計程車的車速開始減緩。我望向前方，發現有好幾輛旋轉著紅色警示燈的巡邏車並排停在馬路上，所以錯車相當困難。

「到這裡就可以了，請讓我們下車。」

火村在司機還未開口之前就匆匆付了車資。在司機眼中，我們是什麼樣的人呢？

熟識的員警像往常一樣幫我們在穿梭的人群裡找到森下刑事。他身上的亞曼尼西裝衣襬翻飛，邊說著「辛苦啦！」邊跑過來，怎麼看都不像是大阪府警局調查一課的刑事，倒像是過氣的傑尼斯藝人。雖然他的外觀可能會引起資深刑事的反感，可是對工作的熱誠卻不會輸給任何人，所以能獲得大家的認同。

「你們來得可真快，現在才十點，距離我打電話只過了兩個小時。」

「我今天學校沒授課。至於有栖，除了睡覺以外，應該不會有別的事情。」

我本想反駁自己也不是那麼空閒，但是想想又作罷，畢竟殺人現場的玄關前並不適合鬥嘴。

「被害者是這兒的屋主？」火村望著被高聳水泥牆圍住的宅邸問。

雖然是鋼筋水泥建造的豪華宅邸，不過庭院卻是純日本風，還有石燈籠倒映在水面上。

「不，屋主在兩個星期前去世。被害者是其弟土師谷朋芳。已故的屋主名叫土師谷利光，就是大型上班族融資貸款公司，波納爾貸款的獨資董事長。」

「做那種行業可以住這麼大的房子？」

波納爾貸款的規模雖然還沒大到足以在電視上大打廣告，但卻是在各地車站都能見到大幅廣告招牌的公司，我還曾經納悶地想：怎麼會有這種名稱如同麵包店或法國餐廳的高利貸公司？當然，也聽過有關土師谷利光董事長的一些傳聞。

「我曾經在週刊雜誌上讀過關於已故的土師谷董事長的事，他應該是用相當強硬手段掙得鉅富的人吧？」

森下頷首：「是的，我也讀過有關他在歡場冶遊時出手闊綽之類的傳聞。他催收債款的手段以嚴酷出名，所以這棟宅邸或許是建築在多數人的眼淚和怨恨之上吧。」

這又是相當強烈的表現！

「被殺害的弟弟也是經營融資貸款嗎？」火村眺望著庭院問。

「不，不是的。不僅如此，被害者的人生觀與其兄完全不同，兩人已將近二十年沒有往來。土師谷朋芳這個人的性情似乎挺與衆不同，幾乎可說是離群索居，兄弟倆的生活方式呈現明顯對比。」

「這麼說，他並非像他哥哥那樣會遭人憎恨？」

「可以說他既沒敵人也無朋友。雖然遠離塵世，卻不是在深山中結廬而居，乃是獨自住在偏遠的離島上。」

「一個人住在偏遠的離島？是無人島嗎？」火村轉頭面對森下。

「在瀨戶內海的無人島住了十九年。雖然離香川縣的直島很近，卻是個孤絕的海島，島上什麼東西也沒有。」

「十九年都在偏遠的離島，那他靠什麼生活？」我提出當然的疑問。

刑事本來想回答，卻又中途停下：「詳細情形我稍後再作說明。首先請你們和警部見面，看過現場再說，因爲現場相當不尋常。」

我們跟著他進入土師谷宅邸。從腳底下的地毯到頭頂上的美術燈，全都是價值昂貴之物，但是很難說具有什麼高級品味，因爲盡是一些強烈個性化的家具和擺飾，彷彿那些東西本身的自我主張在這宅邸中到處呈現。在這樣的走廊上和幾位辦案人員擦身而過地往裡面走，來到盡頭，見到了船曳警部圓胖的身影。

「辛苦你們啦！我特地爲教授保存了藝術化的現場。」警部以雙手抓住圓凸肚子上呈拱門狀吊帶的招牌姿勢迎接我們。

閃閃發亮的禿頭和肥胖身材，以及吊帶這三種組合，感覺上酷似傳統黑社會電影中的流氓頭子，不過，部下們偷偷替他取的綽號卻是「海和尚」。

「又麻煩你了。對了，剛剛聽到你令人充分產生聯想的話，命案現場究竟是什麼樣的奇怪狀況？又是如何藝術化？」火村問。

警部苦笑：「眞的是百聞不如一見。在說明事件梗概之前，還是先看看現場吧！然後再請你們到另外一個房間會同相關人員聽取說明。我這就帶你們過去，現場是面朝最裡側庭院的起居室，應該也可以稱之爲陳列室。」

一聽是陳列室，感覺上應該陳列擺飾著什麼物件。但是警部並未多做說明，轉身，開始緩步往前走。火村和我居中，森下跟在後面。

「這棟宅邸是波納爾貸款董事長土師谷利光所有，但是他在兩個星期前的三月十九日因爲肺功能不全而病逝。雖然金錢運勢一流，不過很遺憾，家庭方面的運勢就差多了，前妻和兩個兒子都比他先亡故，儘管不乏愛人陪伴，但身邊終究缺乏能眞心信任之人。」警部並未轉身，獨白似的喃喃自語，聲音帶著淒涼。

「這麼說來，他是獨居在這麼廣闊的宅邸內？」我問。

「大約一年前還與不到三十歲的續絃妻子一起住在這裡，不過今年初兩人因故分居。續絃妻子名叫做西島沙也夏，原是他公司的職員，目前已搬出宅邸，感覺上與離婚沒兩樣，但是，從另一方面說來，彼此的婚姻關係猶未結束。兩人之間也未育有子女。」

「分居的原因呢？」火村問。

「好像雙方都有問題。她認爲丈夫喜歡拈花惹草，丈夫則明顯對新婚妻子不滿。」

我想起曾在雜誌上見到土師谷利光的照片，他是一個將抹得油亮的花白頭髮全往腦後梳的駝背男人，容貌也稱不上是美男子，不過皺巴巴的笑臉相當予人好感，應該能算是所謂艷福不淺之人吧！

「他擁有我所缺乏的一切東西呢！」

「有栖川先生，你眞的這樣認爲嗎？但是，無法找到能夠塡補心靈空虛的對象，他一定覺得很寂寞吧！這種寂寞絕非金錢所能彌補。你應該沒什麼好羨慕才是。」

「是的……」

「必須與降臨在家人身上的不幸命運對抗，更要和商場上的敵人鉤心鬥角，當感到疲累時，唯一足以慰藉的嗜好只有一種，那就是裝飾於問題房間內的東西……就是這裡。」警部在麥芽色的房門前停下腳步。

門內就是被稱爲陳列室的起居室，似乎也就是命案現場。

「屍體已搬移出去……請進。」

警部推開房門後靠向一邊，作勢邀請我們。

火村先進入，我緊跟在他背後。

「這是……」我情不自禁驚呼出聲。

身旁的火村也和我同樣抬頭望著天花板發楞。那是稍微泛白的天花板，上面有各種顏色的展翅蝴蝶——整個天花板都是，應該有好幾十隻的蝴蝶！

2

每隻蝴蝶的翅膀大小都有五至十公分弱，色彩也是帶著光澤的藍和綠、黃和深藍、橙和深藍、紅和深藍、藍和黑褐等好幾種組合，有些更在兩枚重疊的下翅——應該稱為後翅吧——出現眼球般的花紋，看起來似乎是集中於某種蝶系的蒐集。當然，對於只能區別紋白蝶和揚羽蝶的我來說，不可能會知道其名稱。

由於是草率地釘上，一瞬間還令人以為是活生生的蝴蝶停在天花板上歇息。我仔細地計算，總共是二十七隻。

有很長一段時間，我們只能目瞪口呆。

「嚇了一跳吧！」船曳的聲音在背後響起。感覺上彷彿以我們的驚愕為樂。

「我第一次見識到這種情況。」火村回答：「的確是可以稱之為藝術化的景象，而且都是非常漂亮的蝴蝶。」

「能讓已故土師谷董事長獲得心靈慰藉的就是蝴蝶。蒐集蝴蝶是他的興趣和嗜好。沙也夏夫人也說，偶爾早歸，他就會坐在那邊的沙發上喝著酒欣賞標本。」

我的視線終於從天花板移開，環視室內。進入這兒之前，我一直想像著，既然是陳列室，應該是堆放書畫古董，搞不好還掛滿盔甲之類的房間。但事實上卻出乎意料，房內空蕩蕩的，也無所謂的陳列櫃，只在三邊牆上掛滿展翅的美麗蝴蝶標本框，算算，總共是九幅。

從房門對面的大型窗戶可以見到亮著常夜燈的後面庭院。窗戶前方的地板上掉落三幅空了的標本框，裡面的蝴蝶標本很可能被人移至天花板。

「標本框裡的蝴蝶被取出，釘在天花板。」船曳說：「是誰、爲了何種目的這麼做？目前不明。至昨夜十點爲止仍在這兒的客人們，十分確定當時並無這種情形。」

天花板似乎是很薄的三夾板，不需特別工具也能利用圖釘釘上標本。最初見到時，感覺上好像相當麻煩，但實際上並非很費工夫的作業，只要是身材高大的男性，挺直腰桿應該都可以做到，如果以沙發或窗邊的椅子爲墊腳台，就算是女性也可以完成。估計全程大約只需五分鐘，即使利用墊腳台，頂多十五分鐘內就能完成。

「認爲是兇手所爲應該很自然吧？」火村一面戴上黑絲手套，一面問。

警部頷首：「以常識來說應是如此。但是，卻留下了遂行殺人後爲何還要做這種事的疑點。總不可能是爲了想把現場裝飾的更漂亮吧？更不可能是爲了向死者致哀。」

「我覺得彷彿被兇手嘲笑一般。」森下說出自己的感想。

「即使這樣，沒想到這位手段強硬的董事長居然會蒐集這麼可愛的東西哩！」火村靠近較近的牆壁，幾乎緊貼著臉孔的端詳標本。

平常飽受壓力進行劇烈競爭，在反作用力之下，土師谷或許是被誘發童心而熱衷於這樣的蒐集。不，其實沒有必要特地尋找理由，在外面被別人視爲可怕的男人，回到自己的房間後歡喜的把玩鐵道模型，或是手拿鑷子整理郵票的例子豈非到處可見？

「是純粹因興趣而蒐集的嗎？沒有投機的價值吧？」火村一面問，一面輪流看著蝴蝶標本框。

「好像是。」警部回答。「關於這方面的詳細情形，稍後請你詢問相關人員。搜購這裡的標本似乎花了相當多錢，不過若換算現金，頂多也只是數百萬圓。對土師谷董事長來說根本算不上什麼吧！至於這些蝴蝶標本，我也請教過昆蟲博物館的工作人員，詳細情形稍後再做確認。」

「屍體的情形如何？」火村雙手插在夾克口袋，視線移開標本，望著警部。

警部從懷中掏出幾張現場照片遞給火村。

我也在一旁看著，屍體出血狀況極端微量，並不是過於刺眼的照片。

「右側頭部受鈍器毆擊，橫倒在沙發後面。身上並無與兇手格鬥所造成的傷痕，室內擺設也只有沙發和桌子的位置稍微偏移，很可能是被人自背後偷襲，換句話說，熟人行兇的嫌疑濃厚。」

「你說熟人行兇豈非很奇怪？」我說：「被害者不是獨自在離島生活了十九年嗎？」

「沒錯。所以嫌疑犯有限，只有四人。」警部接過火村遞回的照片放入口袋，隨後打開記事本。「首先是剛剛提及的沙也夏夫人，接著是她哥哥西島詠一，土師谷董事長的老朋友、同時也是其參謀的尾藤寬，最後則是法律顧問川邊延雄律師。」

夫人、她的哥哥、參謀、律師，只聽一遍記不住姓名，所以我只在腦海裡記住其身分。

「四個人皆在隔壁房間，你可以直接問話。尾藤寬雖然曾返回附近的自宅一趟，不過剛剛又回來了。」在火村尚未問及之前，森下已經主動說明。

「沒有翻找搜尋過的痕跡嗎？」

火村終於停止鑑賞蝴蝶，開始檢查放置標示陳屍位置的牌子四周，然後面向沙發和桌子，以神經質的眼神注視著，似乎在腦海裡烙印彼此間的相互位置關係。

工作熱心的森下好像也隨著火村的視線逐一細看。

「沒有。也無偽裝成強盜殺人的跡象。」

「像這麼大的宅邸，而且屋主又有不少仇敵，應該要有預防犯罪之類的設施會好一些吧？」

「是有和保全公司連線的警報裝置，不過並未啓動，兇手可能是被害者邀請進來的。最遺憾的是土師谷董事長竟然沒有裝設監視器，可以說是太誇張了點。」

保全公司沒有接獲異常訊息很可能是兇手突然採取行動，不過也可能是久居離島的被害者不知道啓動保全系統的方法，而，兇手早就看穿了這點。

「行兇時刻是昨夜？」犯罪學家在房內踱步問道。

「是的，屍體是昨天四月二日晚上十一點二十分被發現。被害者直到十一點十二分爲止似乎還活著。」

「晚上十一點十二分？眞是精準的推定。」我問。

警部用合起的記事本一角搔著下巴的垂肉。「當然，只憑驗屍是做不到的，這是根據關係人們的證詞所斷定的時間。事實上，被害者在十一點十二分曾打電話給尾藤寬，那時似是剛受到兇手襲擊之後。」

火村聽了也忍不住回頭。「電話確實是被害者打的？」

「從當時情況判斷，應該不會有錯。尾藤接到電話後大驚失色，馬上和沙也夏夫人及川邊延雄一齊趕到這裡，卻只見到土師谷朋芳的屍體。」

「特別找了所有人才趕過來嗎？」火村問出我心中同樣不能釋然之語。

「川邊和尾藤兩個人就住在附近，夫人則借住在尾藤家，並非刻意約齊後才趕過來。」

「原來如此。最後打電話的時間是十一點十二分？」

「不錯。」

「被害者在打給尾藤的電話中沒有提及自己發生什麼事嗎？」

「依尾藤的說法，他完全未提及受到襲擊之類的事。關於這方面，我會再仔細訊問。」

「對於關係人們的訊問，你準備約齊所有人之後同時進行？」

「我是這麼打算。如果這裡看得差不多的話，我們應該開始進行了。」

火村脫下手套。「這裡等事後再看也無所謂，還是先聽聽關係人們的說詞吧！」

「好呀！有栖川先生也沒問題？」

當然，名義上的助手不可能有什麼異議。於是眾人一同前往關係人們等候的房間。

所謂另外的房間只是和起居室隔一道牆的飯廳。可能是出於已故董事長的主意吧，飯廳與起居室並無通道相接，必須先到走廊後再進入。

推開房門，桌前圍坐了四位男女，彷彿正在等待開飯似的。

「那兩個人是誰？看起來不像警方的人。」身穿深藍色三件式西裝、身材瘦削的男人帶著責怪語氣質問船曳警部。

「這兩位是分別是英都大學社會學系的助理教授火村先生和他的助手有栖川先生，大阪府警局總部邀請他們協助調查。」

「這是怎麼回事？」擦著鮮紅唇膏的女人抱怨似的朝坐在身旁、臉孔有如木屐般方形的男人說。

他們可能就是夫人沙也夏和詠一兄妹吧！

「川邊律師，這種事情是否經常會出現？」戴著淡藍色鏡片眼鏡的年長男人問身穿三件式西裝的男人。

這表示戴眼鏡的男人應該就是貸款公司的尾藤寬。

川邊律師沒有回答，只是低聲說著：「犯罪學家火村……嗯，是曾經聽過。」

儘管火村助理教授一直都是低調行事，但消息好像已經洩漏出去。不過，律師的喃喃自語好似未傳入火村耳裡，他仍是一臉淡漠的表情。

「我幫教授介紹一下各位吧！這位是川邊律師，然後是……」警部同樣若無其事地介紹了在座四人。

分居中的土師谷之妻沙也夏目前住在大阪市內的公寓；哥哥詠一任職的纖維批發公司已倒閉，目前失業中；尾藤寬則是波納爾貸款公司的副董事長，負責總務和營業兩個部門。

「能請各位再敘述一遍昨夜的情形嗎？包括土師谷朋芳先生來到這裡的過程。我看，從川邊律師開始好了。」警部指名。

律師輕咳一聲說：「沒問題，由我先來。」

他的視線警戒似地偷瞄火村一眼。

3

依照川邊延雄的供述，昨天一整天直到發現土師谷朋芳屍體爲止的情形如下。他首先從土師谷兄弟斷絕關係的始末開始說明。

※

年齡差一歲的利光和朋芳似乎從以前就合不來。不僅因爲利光爲人現實，一心一意想出人頭地，而朋芳卻有如孩童般喜歡幻想，個性也很內向，甚至可說兩人對彼此的人生態度有著深刻的厭惡感。兩人皆以就讀大學爲指標，也都遭受過挫折，後來哥哥進入大阪的信用合作金庫，弟弟則輾轉待過多家公司，悠閒地度過二十幾歲這段歲月。兩人三十多歲時，雙親因意外同時過世，兩人均獲得巨額保險理賠、撫恤金，以及大筆遺產。經此轉機，利光兼管弟弟應得的部分，並以此爲資金創設一家小規模的融資貸款公司，充分發揮其才華，很快就擴大規模，並吸收同行的尾藤當得力助手。

另一方面，朋芳仍舊過著沒有固定職業的隨性生活。如果沒有發生朋芳學生時代的朋友因爲還不出貸款而自殺的事情，彼此之間應該會像這樣繼續下去，不去干涉對方吧！

朋芳認定朋友的死亡完全是兄長的責任，因此和利光發生激烈衝突，盛怒之下取回自己當初應得的金額，下定決心，不只是對自己兄長，甚至棄絕這個充斥著與其大同小異者的社會，出家似地遷居無人離島。唯一興趣是海釣的他，似乎很早就注意到這座位於瀨戶內海的小島。這座島嶼本來有十幾戶住家，不過後來都因爲個別理由而離開，從十年前開始，島上只剩下他單獨一人。

厭棄浮華塵世的心情誰都能瞭解，可是朋芳澈底棄絕的態度卻令人震驚。對此，利光告訴尾藤，弟弟是因爲遭迷戀的女人背棄而心灰意冷，但是事實如何卻無人明白。

朋芳在島上猶有住戶時，曾與鄰近的島民到岡山和高松出遊，不過自從剩下單獨一人後，依他本人說法，他完全未再離開過島嶼，因爲他完全不會懷念這個塵世，也不想看到俗世之人。換做別人，當所有鄰居都離開後，多少也會感到寂寞，可是朋芳完全不會。從這點來看，他或許可說是個相當與衆不同的怪人吧！

話雖如此，他並不像魯賓遜在遇到「星期五號」之前完全與世隔絕。他每星期都會要求穿梭周邊各島嶼的定期船隻靠岸，採購必要物資，家中也裝設了電話，以便一旦有生病或受傷之類的急事，隨時能對外求助。

像他這樣的人，如果不是利光突然死亡，很可能幾十年都不會離開島嶼吧！而且，若是和兄長持續強烈不合，就算兄長留下公司而死，他應該也不會理睬吧！之所以會改變心意，完全是因爲他在利光死後兩天接獲利光所寫、反省並懊悔自己往昔生活方式的一封信。在這封預期自己將死而在病床上所寫的信中，還包括對朋芳朋友的懺悔，也因此朋芳才會接受兄長提出的「希望彼此和解」的要求。

在大阪舉行的葬禮已經結束，雖然太遲了些，但朋芳冰凍的心終於逐漸融化，即使睽隔十九年之久，他仍想到大阪在兄長靈前上香。可是周遭的狀況並非那樣平靜，他必須處理利光留下的財產與公司，因爲根據利光最新的遺囑，如果朋芳本人願意，他希望由朋芳繼承一切。

就是這張遺囑把他拉回已捨棄的塵世。

朋芳本想更早出發，卻因爲前往迎接他的川邊和尾藤在調整行程時耗費了不少時間，所以直到兄長死後約兩星期的昨天，也就是四月二日，才回到這兒。

※

出現等在宇野港的川邊和尾藤面前的土師谷朋芳，不知是否爲心理因素使然，似乎散發出與遺世獨居者完全不同的氣息。沒有對他人抱持戒心的態度，也無氣勢凌人的高壓姿態，而是一副超然、冷漠的眼神。只是，飽受海風吹掠的泛黑臉頰與傷痕累累的雙手予人深刻印象。雖然兩人在之前曾多次和他利用電話連繫，不過直到正式見面爲止，有很多事情兩人並不瞭解。

「家兄信上表示有各種各樣的問題，我希望能將一切明朗化。」

這是朋芳所說的第一句話。

「法律上得解決的問題堆積如山，我將盡全力幫忙。」川邊心中雖然非常驚訝他會對波納爾貸款公司的經營有興趣，但仍很懇切的打招呼。

但是，隔了十幾年好不容易踏上國內土地的朋芳卻冷哼一聲，「家兄指出了很多問題！很遺憾，他也是直到面對死亡時，才看清之前完全看不到的盲點。」

「身爲企業家當然免不了有所遺憾，因爲隨時都會被激起旺盛的野心。」尾藤凝重的說。

現代魯賓遜瞪了他一眼。「因爲問題很多，我希望能一個個來解決。我無法忍受欺騙或是不正當行爲的存在，必定會彌補家兄用死亡才換得眞相的遺憾，如果認爲我像浦島太郎一樣容易欺騙，那就大錯特錯了。雖然我是因爲自己喜歡才選擇以前的生活方式，事實上，我比家兄更有執行力和政治手腕，這點請你們務必切記。」

他一再地強調「問題很多」。在之前的電話連繫中，公司存在許多問題已成爲彼此的共識，但朋芳這種準備吵架似的口氣卻讓川邊非常不愉快。尾藤同樣表情僵硬，忍住幾乎脫口而出的反唇相譏。

「能帶我至家兄的宅邸嗎？我也希望盡早見到西島沙也夏小姐。」

川邊雖然很想責怪朋芳直接稱呼夫人本姓，不過因爲一向討厭加深摩擦，於是默不作聲。

他們搭車前往岡山，再轉搭新幹線至大阪。這中間，朋芳並沒有因爲十多年未接觸花花世界而好奇地環視周遭，反而閉上眼睛、交抱雙臂，不知是困倦或思考事情。

由新大阪出站搭計程車至位於池田的宅邸時，已近傍晚五點。朋芳換好衣服後隨即前往已預約的市內日本料理店和沙也夏與詠一兄妹見面。

五人一起談論的深刻問題可謂「各式各樣」。大家都知道這些問題並不是一面吃著懷石料理一面討論就能輕鬆解決的，所以氣氛相當沉重。

「雖然受到沙也夏小姐照顧，不過家兄很後悔與妳短暫的婚姻生活，因此，妳拿走法律既定的繼承部分是無所謂，但是希望不要再獅子大開口，提出非分要求。」

「詠一先生出現在這種場合未免太奇怪，我希望這是第一次，同時也是最後一次見到你。」

「家兄吩咐我不能把公司託付尾藤先生，換句話說，這是他的遺囑。家兄已隱約察覺你的背叛，然而，因爲你手上握有他的把柄，再加上他的健康出了問題，於是內心苦惱不已。但是我對你可不會手下留情，絕對會全力追究一切，請你最好有所覺悟。」

「家兄也非常擔心將私人財產交由川邊律師保管這點。我會另外聘請律師，請他詳細調查。」

四個人原以爲朋芳只是個逃避世俗、什麼都不懂的頑固角色，想不到他會說出如此毫無顧忌的嚴厲言詞，強硬的氣勢讓他們困擾不已。即使在服務生送菜上桌，或撤下空盤時，朋芳也完全不擔心被聽見地大聲指責。

六點開始的餐會本來預定八點結束，卻因爲朋芳不希望談到一半就中斷，故延長時間繼續討論，而且毫無緩和跡象地持續至九點才結束。並不是他們已得到結論，而是朋芳自己精疲力竭了。

「那麼，明天正午以前我們會等你連絡，今晚請好好休息。」川邊說。

好不容易，對方說出「謝謝」兩個字。

4

川邊好像在說「讓我休息一下吧」地用手帕拭嘴。

接下來由船曳警部提出質問，進行對話。

「請尾藤先生說明一下九點散會後各位的行蹤，因爲是你接到那通電話。」

「啊……是的。」彷彿正在思考其他事情，波納爾公司副董事長慌忙抬起臉來。「這……朋芳先生昨夜獨自住在宅邸裡，因爲他本人不希望投宿飯店，所以也沒預定房間。自董事長去世後就住在宅邸的沙也夏夫人，因朋芳先生住在這兒，本來打算回大阪市內的公寓，卻因爲此事充滿火藥味，所以衆人一起轉往附近的我家繼續商談，討論如何解開朋芳先生的誤會。」

「你認爲他誤會什麼呢？」警部挪動拄在桌上的右肘，上身探向前。

「他會擺出那種強硬姿態，只能認爲是產生某種誤會。說什麼我暗中有背叛行爲，根本就是無的放矢。對川邊律師的粗暴言詞也令人反感。說這種帶刺的話應該是有什麼企圖吧！什麼與世隔絕？簡直就是吃人不吐骨頭。所以我們互相提醒要小心注意。」

另外三個人也都紛紛頷首。既然會主動提及與死者之間的險惡氣氛，可以認爲朋芳的確如他們所言並非尋常人物；不過也可能是他們認爲警方只要詢問日本料理店服務生們，就能瞭解實際情形，所以刻意做出這樣的供詞。

「這方面的事情等稍後再請教。對了，你們四個人是從日本料理店直接前往尾藤先生家？」

尾藤重新扶正眼鏡回答：「不，沙也夏夫人和西島先生送朋芳先生回到這裡，我和川邊律師則各自回家，九點過後才齊聚我家。」

「你們四個人不可能一直討論到半夜吧？」

「是的，到了十點半，詠一先生先離開。因爲接下來要討論關於公司的內部機密話題，他認爲外人最好不要在場。」

「哦，若有這樣的顧慮，何不一開始就迴避呢？抱歉，若是這句話傷到人，請多包涵。」說著，警部似要求詠一說明般，凝視他方形的臉孔。

詠一臉上浮現不安似的曖昧笑容。「那是因爲舍妹涉世不深，爲人兄長的我當然會擔心她在金錢方面吃大虧，何況她對於和怪異的小叔見面也覺得不安，所以我等於是以保護者的立場陪著她。」

從至親的角度而論，這種情形並非不自然，但是西島詠一這個男人感覺上相當狡猾，無法讓人完全信任，他或許是爲了金錢而來的吧！

「你十點半離開尾藤先生家後，做些什麼事呢？」

「回家。」詠一淡淡回答。

「沒有再去其他地方？」

「我想讓頭腦稍微冷靜一下，同時覺得在夜櫻樹下散步也不錯，就步行約二十分鐘前往車站。那是很美麗的月夜，我回到正雀的住處已經是十二點過後。」

想步行在朦朧月光籠罩的夜櫻樹下，這樣的心情不難理解。單純的我稍微對他產生親近感了。

「途中沒遇見任何人嗎？」

「沒有。」

警部似乎認為沒問題了，將訊問拉回尾藤身上。

「剩下的三位在十一點之前都未曾外出？」

「談到需要查閱資料的話題時，川邊律師曾經回家一趟。」

雙手拇指勾住背心口袋的川邊點頭，卻未開口。

尾藤接著補充：「離開的時間大概是從十點二十五分到四十分的十五分鐘之間吧！他是回去拿能判斷公司特別虧損金額狀況的詳細數據資料。討論到這一部分時，西島先生就說『看來我妨礙到你們了』，然後主動離開。」

這回，詠一用力頷首。

「川邊律師回家時，你和沙也夏夫人做些什麼事？」

「我一直待在家中客廳。沙也夏夫人則去宅邸見朋芳先生，告訴他明天的早餐已經做好，擺在冰箱裡。」

沙也夏補上一句：「我先前忘記告訴他。」

「今天早上妳說過，妳的目的並非只是傳達早餐的事。」船曳以溫柔的聲音說。

「是的。其實是川邊律師說他把行動電話忘在宅邸起居室裡，所以我打算順便去拿，可是……」

「可是按了門鈴，朋芳卻沒有來開門？」

「是的。」

火村瞇著眼仔細聽著一切。我也把全副精神集中在她的話中，希望不要有所遺漏。

「爲什麼他沒有來開門呢？妳連續按了好幾次吧？」

「不……只按兩次，因爲我考慮到他可能因爲旅途疲勞而早早休息，另一方面也覺得，早餐的事隔天一早再打電話告知即可，至於川邊律師的行動電話，律師本人也說過：『反正明天還要過去，沒關係』……何況，他那種冷漠的態度也讓我生氣……」

「所以妳就死心離開？當時妳沒注意到什麼奇怪的情形嗎？像是見到可疑人影或是聽到某種聲響之類？」

「沒有。」她厭煩似地確定。

「好，假設妳就此離開，回到尾藤先生家是什麼時候？」

「我十點半出門，不到五分鐘就回來，所以回到尾藤先生家的時候，川邊律師還沒回來。」

警部瞥了火村一眼，但，助理教授還是漠無表情，沉默不語。

川邊則在一旁觀察著這種情形。

「那麼，我再請教尾藤先生。」警部加強語氣：「請你說明沙也夏夫人和川邊律師回來以後的經過。」

尾藤一面仔細擦拭鏡片，一面說：「雖然川邊律師特別跑了一趟，可是後來不僅沒有充分討論，還因爲大家都很累，所以聊些閒話後就結束了。因爲已經很晚了，所以我和內人勸沙也夏夫人住在我家。一方面這麼晚了很危險，另一方面她隔天還是必須趕過來。」

川邊去上洗手間，沙也夏則被尾藤太太帶至客房，尾藤獨自躺在起居室的沙發上休息。這時，起居室的電話響起，因爲太太的腳步聲還遠在走廊，尾藤只好接起電話。

「那是幾近呻吟的聲音，根本算不上是完整的話，只能勉強聽出『土師谷』三個字，一瞬間，我愣住了，還以爲是董事長的幽靈打來的電話。」

「但是，馬上就發現是朋芳打來的吧？」

「因爲不可能會有幽靈，我只能馬上聯想到他。我一問『怎麼回事』，電話隨即掛斷。我心想，會不會是什麼舊病復發？可是，他看起來又不像有宿疾纏身，再三考慮後，決定前往看個究竟，反正只距離三條巷子。擱回話筒時，川邊律師剛好出來。本來打算兩人一塊前往，去找沙也夏夫人借鎖匙時，她表示要一起去，結果就三個人同行。」

「因爲我不希望自己家裡發生奇怪的事情。」在尚未被問及前，沙也夏主動說明。雖是令人費解的表現，卻無不自然處。

「請等一下。」火村打岔：「朋芳先生爲何打電話至尾藤先生家呢？若是身體狀況有危險，通常會打電話到警局，而且他是否知道尾藤先生家的電話號碼還是個問題。」

「可能是想撥１１０時按到快速撥號鍵吧？我在電話上設定的快速撥號鍵１１正好是尾藤家的電

話號碼。」川邊說明。

火村似乎覺得相當混亂，轉頭面向警部。「被害者最後打的電話是利用川邊律師的行動電話？」

「嗯，不錯。剛才給你看的照片上沒拍到嗎？被害者是握著川邊律師的行動電話而死。」

火村呆然無語。

警部搔了幾下禿頭後，催促尾藤：「請繼續。」

依他所說，他們後來沒有按鈴便進入宅邸，一一查看每個漆黑房間後，終於在起居室發現異狀。

如此一來，整樁事件的始末已大致清楚。

「打開起居室的燈光時，各位一定都嚇一跳吧？」火村恢復嚴肅的神情開口。但是，因爲他是面向牆壁低聲說著，與其說質問，不如說是自言自語來得恰當。

「是的，的確是嚇了一跳，因爲竟然有那麼多蝴蝶黏貼在天花板上。」沙也夏蹙眉。

尾藤和川邊也表示同感。

他們似乎最先驚異於天花板上的蝴蝶。這也難怪，因爲屍體橫躺在沙發後面，如果沒進入房間內是看不到的。

「我呆住了，心想這到底是怎麼回事。同時也因爲丈夫的蒐集品被當成玩具而氣憤不已，更認爲是朋芳先生在惡作劇。」沙也夏說。

川邊摸著背心鈕釦，接著說：「我一時之間也忘掉朋芳先生的事，很驚訝到底是誰做出這種事。

進入室內抬頭望天花板時，忽然感覺腳趾好像碰到什麼東西，一看，才發現是朋芳先生的遺體。」

「只是腳趾碰到，不可能知道朋芳已死吧？」

律師神情緊繃，似乎覺得火村語帶諷刺。「當然不可能。我以爲他是急病發作，先蹲下叫他的名字，卻因爲毫無反應，所以仔細檢查他的臉，卻看到頭部側面受了嚴重的傷，摸他的手腕發現已經沒有脈搏，所以立刻打電話叫救護車。」

「碰觸屍體的人只有川邊律師嗎？」

「我對尾藤先生說『好像已經太遲了』，請他也檢查脈搏。火村先生不會是怪我碰觸屍體吧？」

「沒這回事！你聽起來有這種意思嗎？」

「沒有。」對方結巴的回答。

「那就好。我還想請教尾藤先生和沙也夏夫人，當時你們沒有注意到什麼奇怪情形嗎？」

兩人相互對望一眼，浮現困惑的表情，好像不知道該說些什麼。

「你可能感到奇怪吧？已確認過沒有脈搏卻仍叫救護車。但我同時也立刻打電話報警，然後再打電話給西島先生。但是他尙未回到住處。」川邊凝視火村說。

「是使用哪一支電話呢？」

「就是這支。」律師指著角落的小茶几。

可能是年輕夫人的喜好吧？茶几上放著罩上蕾絲防塵套的電話。

「因為起居室沒有電話。我總不可能使用我那支由被害者握住的行動電話，對吧？」

「那是當然。是嗎，原來起居室沒有電話……」

可能是聽見火村的喃喃自語，川邊嘲弄似的漫哼出聲，彷彿在說：你的觀察力也不怎麼樣嘛！

但火村絲毫不以為意。「對了，川邊律師為什麼把電話忘在起居室呢？是在那裡打過電話嗎？」

律師指著西裝右口袋。「不，不是打過電話，而是在前往日本料理店時不知把車鑰匙放哪，所以把口袋裡的東西全掏出來找，好像就是當時把電話忘在沙發上。那支行動電話很小，坐在屁股下也不會注意到。」

「電話呢？」火村問警部。

「送至鑑識課了。我手上還有照片，待會兒拿給你看。」

「那就麻煩你了。有拿到被害者最後打電話的通話紀錄嗎？」

「嗯，確實是用手上握著的電話撥到尾藤先生家。可能是想撥110，卻按到設定好的快速撥號鍵。」

火村漫哼一聲，轉臉面向尾藤。「瀕死的朋芳知道自己交談的對象是你嗎？還是以為自己已經接通警局？」

尾藤聳肩。「這就難說了，因為他只是呻吟出聲。不過我叫了他好幾次，他應該知道不是接通警方吧！」

有人敲門。森下站起，將房門打開一道細縫。

警部以眼神詢問：怎麼回事？

「博物館的人到了。」

從門縫可見到身穿休閒衫的年輕男人。

5

以博物館研究員來說，這人的穿著未免太隨性了些，問其原委，才知道是休假在家，卻接獲上司通知，表示警方要求協助，卻正好人手不足而要他前來幫忙，所以才隨便套上一件衣服就匆匆趕來。

「不好意思。」警部說。

「不，沒關係。」對方爽朗的回答。「反正在家也沒事，來這兒說不定能見到稀有的東西……當然，這麼說很不應該，畢竟這是命案現場。」

他自稱姓田中，臉上浮現親切笑容時會露出潔白的牙齒。身高超過一百八十公分，不管是從大膽地理很高的腦後與鬢角的髮型，或是這個季節罕見的古銅色皮膚來看，與其說是研究員，還不如說他是籃球選手要來得更貼切。不過，他一進入起居室見到蝴蝶標本就馬上露出職業本能。

「哇，這可不簡單，居然能蒐集到這麼多！」抬頭望著天花板上的蝴蝶，他讚嘆出聲。「我不知道日本也有人蒐集這麼多的蝴蝶標本。不只天花板上的部分，連掛在牆上的都很壯觀，看來今後日本的蝶迷應該會增加很多，蝴蝶標本的行情也會跟著上揚吧？啊，那不是納基塞斯蝶嗎（Narcissus）？嘿，收藏家就是與衆不同。眞想看看牠飛翔的模樣！」

警部和森下、火村和我不由得互相對望一眼。籃球選手在眨眼間變成專家。

「有那麼高的價値嗎？」我問。

一直在喃喃自語的他回答：「什麼？啊，你是問這些收藏品？眞的太厲害了，光是亞格利亞斯蝶（Agrias）就蒐集這麼多。在全世界的蝴蝶品種中，牠是和摩爾浮蝶（Morpho）同樣受歡迎的蝴蝶，雖然日本沒多少人收藏，不過歐洲的蝶迷非常多，像在法國可說是所有昆蟲標本中最受歡迎、連大英博物館和巴黎博物館都有展示珍貴品種的標本。」

他的語氣充滿熱切。

「這裡是以亞格利亞斯種蝴蝶爲蒐集重點嗎？」

「大概佔了八成，像天花板和這邊牆上的都是。」

「是外國的蝴蝶吧？」

「是的，主要棲息於亞馬遜河流域的熱帶雨林，另外，中美洲的部分地區也可見到，在日本的名稱是三色縱揚羽蝶。」

「三色……啊，沒錯，大多是三種顏色混雜。」

「很漂亮吧？眞的是非常美麗的蝴蝶。漂亮的顏色正是亞格利亞斯蝶的魅力所在，和東南亞地區的鳥翅揚羽蝶可並稱雙璧。亞格利亞斯蝶因爲捕獲數少，因此具有稀有性，比摩爾浮蝶還更珍貴。」

「很昂貴嗎？」我問，彷彿是自己要買似的。雖然無所謂，可是爲何是由我負責發問呢？算了，都已經是這樣了，或許是因爲我看起來和田中是同一種人，所以警部他們才會任憑我發問吧！

「要看種類而定。便宜的品種一千圓可以買到好幾匹，可是昂貴的品種……如果保存完整，一匹大概値二、三十萬圓吧！」

研究員似乎都把蝴蝶與馬一樣、用一匹、兩匹來計算。

警部忍不住驚呼出聲：「什麼，是一隻嗎？」

「記得有一次我們館長談到在巴西見到活生生亞格利亞斯蝶的經過。這種蝴蝶雖然外表美麗，卻不接近花叢，反而停在人類或動物的糞便上，實在令人費解，不是嗎？因爲牠是吸取糞便或小動物屍骸的液體成分爲生，所以捕捉時會用腐爛水果爲餌，置於捕蝶籠中。館長說他當時捕捉失敗，卻也說牠的飛翔姿態非常美妙，並以有如『一道深紅色的光劃破空氣』來形容，迅速地飛遠。我也很想去巴西看看呢！」

我試著想像在亞馬遜叢林中拖著深紅色翅尾飛翔的亞格利亞斯蝶，眞的也很想看看那種情景。

「外子也很想去看呢！」

門口傳來說話聲，衆人一同回頭。

沙也夏雙臂交抱，慢慢走進房內，「他曾說很想去巴西看亞格利亞斯蝶飛翔，只不過因爲工作忙碌而無法挪出那麼長的休假時間。先前向我求婚時也說『我們找個時間去巴西看亞格利亞斯蝶』。」

「他倒是個浪漫主義者。」森下說。

「雖然他的生活方式容易被人誤解，卻不是只會死要錢的人。他可說是個童心未泯的人，所以無法有技巧的避免摩擦。事業之所以成功，也是因爲他抱著小孩玩遊戲似的心情在工作，不，應該說他很幸運……」

明明不知道是怎麼回事，田中卻不住點頭，眞是個有趣的人。

「這種個性應該也能吸引女性吧？」警部以閒話家常似的語氣問。

「如果被過度吸引而成爲他的妻子，問題就嚴重了。你們不會認爲我是爲了土師谷家的財產而結婚的女人吧？」

沒有人附和。坦白說，直到剛剛爲止，我的確是這樣認爲，但此刻看來，她好像不是那種女人。

「我是爲了愛情而結婚的，只不過無法共同生活，才只持續了半年。」

「半年過後，彼此都鬧出婚外情也是理所當然吧？」

聽了警部的話，沙也夏只是有氣無力的笑著，不久，她再度開口：「我沒有殺朋芳！我不會因爲他和土師谷和解而回來就殺他。」

「我們在日本料理店查訪的結果，發現朋芳好像相當亢奮。」

「我才奇怪他爲什麼會那麼激憤呢！我覺得很不可思議，他和土師谷在電話中談了些什麼？土師谷寫給他的信裡又說了些什麼？我不想懷疑別人，卻覺得他好像有某種企圖而刻意表現得亢奮。」

「他對令兄也說了很失禮的話。不過，是不是詠一先生的態度和措詞有令他起疑的地方呢？」

「或許是因爲太過照顧我，所以讓朋芳先生感到可疑吧！但是家兄並無惡意，他的個性不僅不會欺騙別人，甚至還很容易受騙，他只是對自己妹妹的事情比較敏感而已。」

「我可以請教一件事嗎？」火村靜靜的開口。

「什麼事呢？火村教授。」

「朋芳先生對尾藤先生和川邊律師也講了一些刺耳的話，那也是毫無根據嗎？不會是聽利光先生說過他們眞的有某種不正當行爲嗎？」

她搖搖頭。「土師谷是曾經提過尾藤先生『雖是合夥人，卻不能百分之百放心』，但也只是這樣而已。更難認爲川邊律師會有侵占之類的非法行爲。因爲他對川邊律師的每一項工作內容都很仔細地查核，應該不可能有問題才是。而且……如果土師谷有那樣的疑惑，也不可能打電話或寫信給因吵架分開、獨居離島的弟弟，而是自己馬上採取行動，譬如請其他律師調查之類的。你認爲我的話是否有道理？」

「該怎麼說呢？」火村露出令人難懂的神情。「如果對自己周遭的人都感到失望，可以認爲他會對唯一的親弟弟說明一切。」

「這樣說對我太苛刻了。」

「對不起。」火村致歉。

因爲沙也夏突然出現而失去表現機會的田中，絲毫不以爲意地到處看著牆上的標本，同時隨手在記事本上寫著些什麼。

「我完全沒有機會瞭解朋芳先生是個什麼樣的人，因爲他剛從島上回到這兒，卻在幾個小時後死亡。」她彷彿認爲這是一場惡夢。

「冒昧的問一句，被殺害的那個人眞的是土師谷朋芳嗎？」火村說出意料之外的話。

「什麼？」我驚呼出聲。不過，看沙也夏、警部和森下的反應，似乎早就確認過這件事。

「他拿出十九年前和利光的合照。」警部說明：「當然，只憑這個並不夠，所以我們也寄送遺體的照片至島上派出所照會。靠著耕種和釣魚過活、有如現代魯賓遜的他在島上似乎相當出名，很快就得到『絕對沒錯』的答覆。定期渡輪上的熟人還說『可能已經搬離島上了』。」

「眞的將近二十年沒有離開島上？」

「當地的人說是眞的。」

「他本人也多次反覆地這麼說。」沙也夏接著說：「所以他也曾被人認爲是精神有毛病或是逃犯呢！」

「也沒去過銀行？」

「是的，一切皆委託載運物資的船主人，購物則完全使用信用卡。」

魯賓遜和信用卡實在是很奇妙的搭配。

「有時候我也在想，他難道不會感到寂寞嗎？如果生活中沒有電視和收音機，我根本不知道該怎麼辦才好。」

我很驚訝沒有電視和收音機的生活。就算是囚犯，也會有娛樂的，不是嗎？

「正因爲如此才讓他成爲無法捉摸的謎樣人物。我有很多問題想問他，譬如在瀨戶內海的島嶼上過著什麼樣的生活？心裡想些什麼？最後對土師谷又有什麼樣的瞭解？可是，他終究還是帶著這些謎團死了。」

她內心好像爲此而有所遺憾，卻又似忽然回過神來。「啊，不好意思，我正好經過門前，聽到亞格利亞斯蝶和巴西之類的話，忍不住打斷你們的話題。」

被打斷話題的研究員仍在鑑賞內側標本框的蝴蝶標本。

「不，妳的話有相當具有參考價值，謝謝。」警部回答。

沙也夏一禮之後，離開了。

「有什麼參考價值嗎？」明明自己才說過有參考價值，警部卻又問火村。

「不知道，我是第一次聽到這些內容。還是先聽田中先生繼續說明之後再來……」

研究員似乎是聽到自己的姓氏而回過頭來。

警部鄭重的說：「田中先生，很抱歉打斷你的說明。對了，剛剛講到哪裡？」

「我也忘了。不過，大致上都說明過了。」他說。

「關於用圖釘釘在天花板的部分……」森下指著，問說：「是否有什麼含意？」

「這……不問這麼做的人沒辦法瞭解。」

那是當然的啦！

「沒有特別挑選某些種類的蝴蝶釘上嗎？」

「好像沒有。因爲全都是亞格利亞斯蝶。」

「可是，亞格利亞斯蝶中也有好幾種類別吧？」

「是有六種。」

我心想：什麼，六種？

森下也訝異的反問：「六種？你說過這裡的蝴蝶標本有八成是亞格利亞斯蝶，但是每一隻的顏色都不同，這樣豈不是能分成好幾十種？」

「啊，我沒說明這點嗎？眞糟糕，那可是亞格利亞斯蝶最大的特徵呢！」田中笑了笑，言下之意好像留下了最美味的料理。

「亞格利亞斯蝶——也就是三色縱揚羽蝶，屬於縱揚羽蝶科，關於其分類有好幾種說法，不過目前以六種最受肯定。」他指著帶有祖母綠和藍色的蝴蝶，「那是法基頓。」

又指著藍色和橙色，說：「那是修特索尼斯。」

指著黃色和深藍色，說：「隔壁的是阿米頓。」

指著橙色和深藍色，說：「對面的也是阿米頓。旁邊、還有再過去的也都是阿米頓。」

接下來指向紅色和深藍色、綠色和深藍色繼續說：「天花板邊緣快要掉下來的那匹，後翅背面應該是褐色。」

正面則是藍色和深藍色的組合。

「那稱爲格勞帝納。那邊標本框裡的全是納爾基索斯，還有，這邊標本框裡則是阿耶頓！好了，差不多就是這樣。」

我們都愣住了。因爲，田中說是納爾基索斯或是阿耶頓的標本框內的蝴蝶標本，每一隻皆具有非常個性化的色彩，怎麼看都不像是同類。

但是他好像洞悉我們心中的疑問，接著說：「你們一定在想，每一隻的色彩和花紋不是都不一樣嗎？沒錯，若不瞭解的話，任何人都會這樣想。但是，牠們全屬於同一種類！這就是亞格利亞斯蝶的特徵，種內有各色各樣的變種。」

「變種？到底怎麼回事？明明每一隻都不同……」森下疑惑的反問。「如果同一種類中分作幾種類型，那還可以理解，可是，每一隻根本都不一樣呀！」

「是的。這是因爲劇烈的亞種與個體變異，才會出現這麼大的個體差異。」

我們很訝異竟然會有如此極端之差異的存在。或許，這是自小學以來，首次聽到有關昆蟲的話題還會充滿驚喜的一次。

「爲何會出現這麼多樣的個體差異呢？」我的心情彷彿回到暑假進行自由研究的時候。

「畢竟這種蝴蝶還有很多地方令人無法理解，所以我沒有辦法明確回答，只能推測受到地理環境很大影響。亞馬遜河是條很大的河流，因爲河面寬廣，蝴蝶無法從右岸飛到左岸，可能就是因爲這樣的隔絕狀態而產生許多不同的亞種吧！另外，也有出於自我防禦而模擬其他蝴蝶型態的例子。所以其色彩的多樣性應該是爲了有利於在叢林裡生存而演化出來的。」

「眞是怪異的蝴蝶！不過，即使是這些顏色如此繽紛的蝴蝶，身爲學者的您卻可以輕易地識破牠們是同種蝴蝶？」警部問。

田中大笑出聲：「分類行爲是基於學者本身決定的原則進行，和識破與否毫無關連。但是若是一般人，應該絕對沒辦法分辨出哪些是同種類的蝴蝶。」

心情愉快、彷彿眼睛得到滋養的研究員離去後，火村仍站在房間正中央，不知在思考什麼事情。他雙手插腰，仰望釘在天花板上的蝴蝶，看樣子不像在複習田中說明的內容，可能是在進行與事件相關的推理吧！

「的確是珍貴的蝴蝶，也算上了一堂課，對吧？有栖川先生。」森下送田中至玄關回來後，悠哉的說。「不過對解開事件眞相並無直接幫助。如果兇手帶走亞格利亞斯蝶，還可以認爲兇手知道其價值，但是釘在天花板上，這就讓人不解其意了。」

我漫應一聲。

他問：「怎麼回事？」

「那個！」我指著正輕輕點頭的火村。

森下微笑。「如蝴蝶飛舞，如蜜蜂螫人，看來火村教授找到答案了。」

6

得到警方允許正打算回家的西島、尾藤和川邊三人在玄關被叫住了，每人臉上都浮現「又有什麼事」的表情回到起居室。已坐在沙發上的沙也夏以手勢要他們坐到自己身旁。

警部、火村和我站在沙發前，森下則如警衛般站立門旁。

「你們說可以回公司，所以我正打算回去一趟，又有什麼問題了嗎？」尾藤一副很忙碌似的用食指敲著腕錶。

詠一則摸著肚子表示餓了。「都過正午了呀！」

只有川邊沉默不語，凝視我們。雖說是我們，不過他關心的似乎只有火村，很自然的將視線盯著火村，像是很想問他自何處得到什麼樣的重要線索。

「請各位回來是因為火村教授突然有問題向各位請教，所以趁各位尚未離開前再齊集一次，以免多浪費時間。」警部雙手抓住吊帶說。之後便把一切交給火村。

助理教授伸出插在口袋裡的雙手，開口說：「事情馬上就能結束，請各位忍耐一下。各位之中，只有川邊律師持有行動電話嗎？」

律師回答：「是的。」

「曾當著朋芳先生的面前使用嗎？」

「沒有，完全沒有。」

火村從口袋裡取出一張撲克牌大小的照片讓大家看，那是迷你掌中型的行動電話。

「律師先生，這是你的行動電話嗎？」

「是相同型式。」川邊很愼重的回答。

「照片上的電話確實是被害者握在手上之物，也就是你的行動電話。你在昨天以前所使用過的紀錄，還有被害者最後的通話紀錄都有留下。」火村緊盯住對方說。

「如果已經確認過，不是沒必要再聚集我們嗎？」詠一不滿的說。

「請聽我說！我不是為了確認才找各位回來。尾藤先生，只有你聽過被害者臨死以前透過這支行動電話傳出的聲音吧？」

「是、是的。」尾藤擺出防禦姿態。

「眞的是朋芳先生打來的嗎？」

「你的意思是我說謊？」

「不是。」火村靜靜回答。

但是，尾藤很不高興，連帶著對火村展現輕蔑的態度。「刑事先生早就問過這件事了，或許因爲只有我一個人聽到，也難怪你會懷疑。剛剛你在場的時候我也說過，對方曾說『我是土師谷』，而且是帶著呻吟的聲音，對我的問話也沒有清楚回答，因此我會這樣猜測並非沒有道理。」

「這麼說，也有可能不是朋芳先生打來的囉？」

「理論上是如此，可是，調查朋芳先生遺體手上握著的行動電話後，應該有打到我家的通話紀錄吧？這麼一來，除了他以外，又有誰會打這樣的電話？」

「我明白啦！」詠一用力拍了一下膝蓋。「一定是兇手。」

「但是，」尾藤冷靜的說：「必須盡快離開現場的兇手沒有這麼做的理由。」

「是嗎？那……這樣的話，除了兇手之外，現場難道還有別人？」詠一顯得有些亢奮。

若像他這麼思考，只會徒然讓事情愈加混亂而已。

火村趕忙說明：「如果有第三人存在，應該不會打這種惡作劇電話，也就是說，電話若非被害者所打，就是兇手。」

森下在門旁頻頻點頭。

我雖然無法明白火村言下之意，但……

「我沒辦法理解。如尾藤先生所言，兇手沒有打這通電話的理由。所以仍應認爲那是朋芳先生的求救訊號。」川邊說。

「不，我不這麼認爲，要認爲是朋芳先生打的電話非常勉強。」

「爲什麼？」川邊和尾藤異口同聲地問。

沙也夏神情緊張地聽著。

「各位知道這些都是名叫亞格利亞斯蝶的同種類蝴蝶嗎？」火村指著天花板上的蝴蝶。

詠一無力的漫應：「這……」

「缺乏昆蟲知識的我，第一印象是『居然蒐集了這麼多不同種類的蝴蝶』。可是聽過博物館研究員的解說之後，才明白這裡的收藏品全是出產於南美洲的亞格利亞斯蝶。沙也夏夫人知道嗎？」

「知道又如何？」

尾藤似乎想鬆弛緊張似的重新坐正身子。

「不，不會如何。」火村淡淡回答：「我只是在說，從缺乏專業知識的人眼中看來，這些色彩繽紛的蝴蝶居然全是亞格利亞斯蝶，這實在令人意外，因爲其中找不到任何兩隻有相同外觀。」

川邊打岔：「好像偏離主題了吧？」

「立刻就會接上的。我們剛才談的是電話的事，對不對？」火村再度展示行動電話的照片。「請各位站在土師谷朋芳的角色想像一下。他自十九年前就前往瀨戶內海的離島，是個從十年前就獨居的現代魯賓遜。假設他是連電視和收音機都不接觸的怪人，請看這個！各位能見到什麼嗎？」

沒有人回答。

「很難知道在他眼裡，這東西究竟是什麼，也無法找他本人確認，不過，各位不認爲這怎麼看都不像電話嗎？與他在島上家中的電話形狀差太多了，既沒有撥號盤，通話器和主體也沒分開，就連電話線也沒有，如果他有看電視節目，至少還能知道現在已出現這樣的電話，可是，他連這樣的機會都沒有。也許各位會想說，他在前來此地的途中、或在新幹線上曾見過吧？是有這種可能性沒錯，但說他一見到川邊先生掉在沙發上的行動電話，立刻就能知道這是電話，總是個很大的疑點。他知道的只是以前那種又黑又重的家庭式電話，以及紅色或綠色的公用電話。可是，現在呢？平常或許不會注意到，但事實上，目前的電話機簡直有如亞格利亞斯蝶似的繽紛存在。」

沒有任何贊成和反對的聲音，可能是因爲將南美洲的蝴蝶和電話搭上線，讓人實在無法理解接下來會如何發展。

火村這時一口氣說明：「我不認爲應該不知道有如亞格利亞斯蝶存在的行動電話就是電話的朋芳先生會知道如何使用它。如果這個房間沒有電話，他就算用爬的也會到其他房間尋找吧？因此，求救電話根本就是假的，打那通電話的人就是兇手，他僞裝臨死的朋芳先生打電話說『我是土師谷』，再讓屍體的手握住行動電話。

「但是，假設眞是這樣，又會碰上兇手爲何要做這種事的疑問。當然，兇手應該有其目的！但，是什麼呢？我能想到的理由有兩個，第一是兇手希望屍體盡早被人發現，第二則是讓我們誤以爲被害者比實際死亡時間活得久。這兩者都是很合理的假設，只不過前者稍微有點困難度，因爲，兇手若是希望屍體盡快被發現，與其打曖昧電話給尾藤先生，還不如撥110，呻吟地喊『救命』來得迅速。那麼，應該就是後者了，亦即僞裝行兇時刻比實際稍晚，這樣兇手就能夠藉此製造不在場證明，換句話說，兇手是擁有不在場證明的人，也就是在場的每個人皆符合這項條件。

「川邊律師十點二十分左右曾回家拿資料，不過也許資料就在手邊，他只是假裝回家，實際上卻在十五分鐘內完成兇行。十點半離開尾藤先生家的西島先生，也能趁著去車站之前殺害朋芳先生。沙也夏夫人十點半來這裡，聲稱按門鈴無人應答，所以又馬上回去，但事實上，那就是機會。」

「不可能吧？」尾藤辯護說：「就算能出其不意地將他擊倒，也沒有餘裕做這種將蝴蝶標本釘在天花板上的莫名其妙的事。」

「蝴蝶標本可能是兇手回到尾藤先生家前，爲表示『這是一種符咒』而當著朋芳先生面前所做，另外，也可能是朋芳先生自己釘在天花板上。不過，請放心，這都不是事實，關於蝴蝶之謎，我待會兒再說明。」

「我也不能剔除於涉嫌者之外嗎？好吧，我不會在意，請繼續。」沙也夏催促火村。

「那我就繼續了。其實，話題從剛才就已接觸到核心部分，因爲只有一個人能在十一點十二分使用有問題的行動電話。」

十一點十二分。尾藤一個人在家裡的起居室，川邊在尾藤家上洗手間，沙也夏獨自在客房，西島則單獨在回家途中，好像沒辦法確定誰在哪裡打電話，但火村似乎能解決這個問題。

「我就公布答案好了。能在十一點十二分使用有問題的行動電話的是在這兒的每一個人，可是，能讓電話握在被害者手中的卻只有一個人，那就是最先蹲下來觀察屍體的你！」

火村所說的「你」當然就是川邊延雄。

「只有你有機會迅速把行動電話放在屍體手上，也就是說，你並沒有把行動電話忘在土師谷家，而是一直放在你的口袋裡。你趁著獨自一個人的時候，利用行動電話打給尾藤先生。雖說是獨自一個人的時候，但是，若利用離開尾藤先生家之後的時間，應該會有所不便。因爲你必須在趕抵現場後，最先接近屍體，把電話讓死者握在手上。所以，你要回附近的自宅之前故意借用洗手間。」

火村停下來，似乎在等待川邊的反駁。

律師聲音顫抖的回答：「太失禮了！我怎麼可能會做出這種卑鄙的行爲。在命案現場藉機迅速讓屍體握住行動電話，誰可以保證這一定能順利完成。」

「並非不可能。請問尾藤先生和沙也夏夫人，你們能肯定他沒有做這樣的事情嗎？」

沙也夏怯怯地開口：「我站在後方，看不見蹲在地上的律師的手。可是似乎在律師碰觸屍體前就見到倒地的朋芳先生手上握著行動電話。」

「握住的不見得就是這支行動電話。」火村用手指彈一下手上的照片。「因爲可以事先準備類似款式的行動電話，屆時再偷換。」

沙也夏默然不語，似乎肯定有這樣的可能性。

在二十七隻蝴蝶標本底下，火村繼續說明：「天花板上的蝴蝶標本也是川邊律師所爲，目的應是爲了轉移趕抵現場的其他人的視線吧？如果朋芳先生倒臥在房間中央，各位的視線可能會馬上集中在他身上，但是，屍體是躺在沙發後面，任誰都會先注意到天花板上的蝴蝶標本而訝異不已，這就達到他所希望的目的。」

「這全是臆測，只是紙上空談。」川邊緊咬下唇。也不知是憤怒或恐懼。「我十點二十分離開，眞的是爲了回家拿資料，如果當時去殺害朋芳先生，應該就會撞見沙也夏夫人。」

「她按門鈴時，你一定是在屋裡刻意不出聲吧！所以你無法比她先回到尾藤先生家。」

「我並無殺人動機。」

「對於這點，接下來會由警方調查清楚。或許是爲了已故土師谷董事長託管的財產，也可能是爲了其他原因。」

「我並未偷偷調換行動電話。尾藤先生，對不對？我沒有做這種事的餘裕，完全沒有。沙也夏，妳爲什麼不幫我否定呢？」

沙也夏！

他愣住了，雙手掩嘴，可是，一旦說出口的話卻再也收不回來了。

沙也夏夫人痛苦地將視線移開川邊臉上，求助似地望著火村。

犯罪學家用食指輕撫眉毛。「應該是他單獨逞兇的吧？妳只要照實說出就行。」

「我沒有殺人，如果有證據就拿出來給我看。」川邊半站起身，怒叫。「你一直都是如此吧？只會提出空泛的論調，卻讓警方找尋物證，這算什麼！你不過是區區一個私立大學的助理教授，居然淨做些這種事。怪不得我的律師朋友會說話。」

火村皺緊眉頭，好像在問：是怎麼回事？

「說你是有如獵人的名偵探，或是把罪犯當成蝴蝶般、以蒐集為樂的正義使者，明明不是刑事，卻總是多管閒事，應該是飢渴於權力的卑鄙小人。他們不認為你是天才，只把你當作怪物。既非當事人，也不是警察，卻隨時衝入犯罪中，以狩獵兇手為樂，你絕不是正常人。」

雖然被對方瞪視，火村仍舊沉默無語，良久，才開口：「我只能這麼做。」

川邊似乎明白了事情的棘手，再也說不出話來。

幾百隻蝴蝶標本。

各種色彩的翅膀。

在燦爛的光輝裡，火村始終站立其中。

我腦海中浮現他不知道講過多少次的話。那是每當有人問他「為什麼狩獵罪犯」時，他必有的回答——毫無意義的回答。

「因爲我也有想殺人的時候。」

妄想日記

1

目擊異樣情景的是住在深山宅邸隔壁、姓川瀨的五十九歲上班族。他好不容易訂妥女兒今年秋天結婚的婚宴會場，和妻子在HABER LAND吃晚餐，彼此說著「總算稍微鬆了口氣」後，回到疏落建著幾戶擁有廣闊庭院宅邸的垂水區詹姆斯山的家門前時已將近十一點。

最初見到那種景象而驚呼出聲的是坐在駕駛座旁的妻子。「你看，那是什麼？」

「在哪邊？」

川瀨轉頭望向妻子右手指著的車窗外。從樹木縫隙間可以見到鄰家庭院外緣隱約有火舌冒起，雖然不是很大的火柱，但橙色的亮光在黑暗中卻太過強烈，兩人後來異口同聲地指稱，在見到的瞬間忍不住毛骨悚然。

「很奇怪，又不像發生火災，到底是誰在惡作劇呢？好可怕！」

不必妻子說，川瀨也感到可疑，馬上停車。「我過去看看。」

當時他心裡也想過，要不要帶妻子一起過去呢？可是卻突然有股漠然的厭惡預感，所以叫妻子留在車上。

「你要小心點，如果發現可疑人物，要立刻報警……」

川瀨雖然年近六十，但年輕時學過柔道和空手道，他聽著背後傳來妻子不安的聲音，從籬笆縫隙進入鄰家建地內。

他慢慢前行，在接近火焰約莫二十公尺處，因驚駭之餘而倒吸一口涼氣，不禁呆立原地。因爲，燃燒的東西看起來像是躺在地上的人！

——怎麼可能？應該是玩偶吧？

他很希望這麼相信，可是刺鼻的異臭卻打消他這個念頭。很明顯地，那是蛋白質燒焦的味道。

——是人嗎？

他雖然全身顫慄，但視線仍緊盯被火焰包覆的人形物體，可是怎麼看都沒發現絲毫動靜。等見到不遠處的燈油罐時，雖然腦海中浮現「自焚」兩字，卻完全沒想到要滅火，或許是因爲心裡陷入恐慌。當警方詢問時，他辯稱說「知道時已經太遲了」。

「喂……喂。」

他錯覺妻子在身旁，右手在半空中揮動並叫著。不過馬上回神過來，趕緊回到車上。

——到底是誰呢？總不會是深山家的人吧？

心情混亂之下，他連性別都無法辨別，腦海中只是不斷浮現鄰家四位住戶的臉孔。在明石經營精神科醫院的深山晃久及其妻子、年輕的女傭，還有一位不記得姓名，卻知道是無法言語之人。

他忽然想到，自家庭院有人被焚燒，屋內難道無人發覺嗎？回頭望向鄰家。但，可能都已經上床了吧？每扇窗戶都沒見到燈光。

「啊……」然而，當他見到二樓的窗戶似乎有人影晃動時，不禁低呼出聲。

對於當時的情形，他對警方的證詞如下：「我覺得窗邊確實有人影，所以叫著『深山先生』，我本來打算更大聲的，但聲音或許沒有順利喊出來……不過，姑且不論這些，在我一叫出聲的瞬間，窗邊人影便像逃跑似的消失。不，或許那也是我的錯覺，說不定窗邊本來就沒有人。我等待片刻，沒見到深山家有人出來，只好回到內人等待之處，利用車上的電話撥１１０報案。

「巡邏警車大概是十分鐘之後趕抵吧！這期間，我們前往深山醫師家，通知他庭院裡發生重大事故。出來應門的是深山醫師、其夫人和女傭。眾人正害怕地討論說『該不會是美彥吧』、『怎麼可能』之時，警察已經到達。」

庭院角落被燒焦的正是宇田美彥。

2

精神科醫師深山晃久宅邸的客廳。

從ART DECORATIF（裝飾美術）式的窗戶可以看得見大海。是泛著朦朧霞影的淡路島的春天海面。雖是眺望時會興起睡意的景色，但房內卻瀰漫著緊張氣氛。

背對窗戶的佐竹稻子雙手交握膝上，始終低垂著頭。稻子這個名字雖然顯得老氣，但事實上，她才二十三歲，被傳喚至刑事或犯罪學家這類人面前不可能不會緊張，但也因爲她一直低著頭，我才能避免被認爲沒禮貌地仔細觀察她。似是不知所措的動作和不知該望向何處的困惑樣子散發出濃厚的稚嫩氣息，但遣詞用字卻極端慎重，聲音也很清晰，予人好感。

「因爲這樣，在嬸嬸建議下，我來到這個宅邸當女傭，也住在這裡。家父雖然接近退休年齡，卻突然奉派至美國，而且雙親一齊前往。這對一向幫忙做家事的我而言，供住宿的工作反而方便。」

「妳從半年前就開始接替令嬸到這裡工作嗎？」身材魁梧的樺田警部以自傲的優雅聲音問。他略微彎腰，臉孔往前面對證人。

「是的。嬸嬸非常熱心，她說這裡的工作等於是出嫁前最好的學習機會，而且又能領到不錯的薪水，所以我也做得很快樂。直到不久前，我都還不覺得美彥先生有什麼奇怪的地方。」

「所謂不久前是多久以前？」

佐竹稻子似乎不想抬起臉來。「應該是大約一個月前吧……」

「從大約一個月前，妳開始覺得他有點奇怪嗎？」

她輕咬下唇，頷首。

「妳先前都不知道關於地下室的事？」

「不，我知道。」稻子搖頭，紮在腦後的馬尾左右大幅甩動。那是發出乾爽沙沙聲的纖細漂亮頭髮。「美彥先生的事我曾聽嬸嬸講過，說他很可憐，雖然因爲嚴重的神經衰弱而不能外出，但卻是個溫柔善良的人，要我好好照顧他。」

宇田美彥是深山晃久的獨生女的丈夫，亦即他的女婿。自從妻子靜代兩年前自殺後，他就一直住在深山宅邸。據說是因爲美彥在精神方面有障礙，而且沒有其他親人，所以有必要予以保護。

「對於在深山家慣稱爲地下室的地方，佐竹小姐的印象如何？有刑事說那根本就是地牢。」突然開口詢問的是火村英生。

他是非正式加入警方調查陣容的英都大學社會學院助理教授，我在私底下則稱他爲「臨床犯罪學家」。講授犯罪社會學的他總是託稱研究犯罪而發揮偵探才華。順便介紹我自己，我是有栖川有栖，推理作家，與火村乃是大學時代一齊修習法律的同學，不過我經常扮成他的助手——警方也知道這是藉口——獲得同行的機會。

「這樣的說法有點……」稻子彷彿感到痛楚似地皺眉。以她的立場或許很難表示認同吧！

先別管她的立場，坦白說，剛才我見到地下室時也覺得異常。首先，只能從外面上鎖的房門就不尋常，還有，除了床鋪以外，所謂的家具只是一張簡陋的桌子，牆壁上連一幅畫或一本月曆也沒有。靠近天花板和接近地面處有嵌入鐵格子的窗戶，但是陽光照不進來，確實和牢房沒兩樣。

「對於這件事，還是別要求妳表示意見吧！」警部伸出援手：「我想詳細請教，大約一個月前，妳開始覺得深山家的情況有點奇怪的部分，特別是關於宇田美彥的方面。」

「好。但是，關於美彥先生的病情，其他人應該已經說明過了……」

「是問過沒錯，但仍希望佐竹小姐能就妳所知的範圍再作說明。」

在樺田警部的催促下，佐竹稻子用指尖捏弄裙子，開始敘述。

「美彥先生是在三年前罹患神經衰弱症。當時深山先生夫婦、美彥先生和妻子靜代小姐，以及兩歲的兒子五人開車前往但馬一帶兜風，歸途中因爲美彥先生駕駛上的疏忽發生車禍，車子在大雨中打滑，同車的兒子當場死亡，美彥先生的頭部也遭受重擊，從此無法言語。」

關於這點，剛才已聽深山晃久陳述過了。據他的診斷，美彥腦功能發生障礙的原因，一方面是腦部受到重擊的外在影響，另一方面則是悲痛自己兒子死亡的內在因素。

「而且，車禍一年後又受到妻子自殺的打擊，終於罹患憂鬱症。這是嬸嬸在我到這裡之前告訴我的，當然，深山醫師和夫人也說過同樣的話。」

「沒有在深山醫師經營的醫院治療，而是一直在自己家中療養？」

「是的。三年前剛發生車禍時曾短暫住進明石的深山醫院，不過大約一個月後就出院了。」

「平時的美彥是什麼樣子？」

稻子用食指指著下顎，脖子微向右傾。「已經失去言語能力，當然不會講話，也不想與我溝通，只是聽聽音樂或整修庭院，偶爾也會獨自在附近散步，或坐在起居室的沙發上好幾個鐘頭，只是望著窗外的大海，幾乎從沒發出過任何聲音，非常安靜。可是，大概是生病的關係，即使是面對快樂的事情，他的眼神還是晦黯無光，我不記得曾見過他的笑容。他坐在椅子上的背影尤其顯得寂寞。剛開始我很困惑，不知該怎麼面對他，後來知道他不太喜歡別人管他的事，所以就盡量不去打擾他，似乎都是夫人在照顧他。」

對話在這裡暫時中斷，警部在徵詢稻子的同意後，點燃香菸。

「那麼，」警部把打火機放回內側口袋接著說：「請說明妳覺得奇怪的部分。」

從這裡開始才是我們眞正想聽她敘述的內容。

「這是一個月前的事了。我來這裡已經五個月，自認完全成爲這個家族的一員，晚餐後也能和醫師及夫人一起喝茶，閒話家常，所以才更爲驚訝……」稻子終於抬起臉來，眼神凝視遠方。「那天晚上，大家在起居室看電視，美彥先生對電視節目似乎沒有興趣，但也陪我們坐在沙發上，並喝了點威士忌。我們正在觀賞懸疑劇時，美彥先生突然臉色蒼白地站起來，接著發出『唔、唔』的呻吟聲，雙手掩面衝出房間。雖然醫師立刻追上去替他施打鎭靜劑，馬上讓他安靜下來，但我卻目瞪口呆，問夫人『怎麼回事』，夫人悲傷地回答『一定是電視劇情不好』。所以我也就釋然了，因爲美彥先生變得激動之前，劇情正好演到有車子撞人逃逸的鏡頭，所以可能讓他聯想起三年前的車禍。」

火村發出低哼聲，左右兩腳換著交疊，並未打斷她的話。

「若只是這樣還沒什麼，可是，從那天開始，我總覺得醫師和夫人對美彥先生的態度完全改變，對我說『他的精神狀態不穩定』，並盡量制止我接近美彥先生，同時把他關在地下室的房間裡。」

「美彥本身有改變嗎?」火村好像終於忍不住地問。

「的確,他的情緒似乎比以前不穩定,常常會夢囈似地喃喃叨唸,眼神也帶著不安,彷彿非常害怕某件事情,一聽到輕微聲響就嚇得跳起來。所以,他出去散步若沒有醫師陪著,我都很會擔心。」

「害怕?妳能想像他到底在怕什麼嗎?」火村問。

「不知道。感覺上他像是害怕有人會加害自己,也像小孩害怕妖怪一樣,不過,醫師曾說『他在地下室的房間時精神最穩定』。」

「佐竹小姐感到奇怪的只有美彥先生的樣子嗎?」我心想,如果只是這樣,應該是憂鬱症惡化而已,因此就問出口了。

「醫師和夫人對我很好,要說對他們不好的話令我相當痛苦。……有一天,我不經意聽到他們兩人的對話。那是大約兩個星期以前,我忘了自己是否有鎖緊門戶,半夜裡不安地走到後門檢查時,忽然聽到他們在飯廳裡低聲講著如下的內容……」她略微深呼吸後接著說:「我忘記哪些話是誰說的,所以順序可能不太對,但應該是『不能像這樣繼續下去』、『總有一天會洩漏眞相』,以及『還好這次是當場發現而順利解決,但不知什麼時候又會出現相同情況』、『眞令人困擾』……等等。我很訝異,不明白究竟是怎麼回事而繼續聽下去時,內容居然轉爲『佐竹應該沒注意到吧』、『目前還不會有問題』而讓我心跳加促。緊接著夫人說『把事情眞相告訴那女孩會不會比較好』,想不到醫師怒喝一聲『別亂說話』。我覺得如果被發現我在偷聽,很可能會被扭斷脖子,於是慌忙逃回自己房間。」

她沉默下來，似乎想確認我們對這番具有重大意義的證詞有何反應。

深山夫妻和宇田美彥之間似乎存在著某種秘密，那會是什麼呢？

被燒成焦黑的宇田美彥，其死亡的背後，究竟有何隱情？

3

火村翻閱手上的大學筆記本，上面全是密密麻麻的奇怪文字（？），看起來像是同樣的內容連續寫了十頁左右。（見下頁）

他朝著我聳聳肩，這才問深山晃久：「你說這是已故的美彥留下的日記，你確定嗎？我沒見到上面有寫上日期。」

「雖然每天都沒有換行地接著寫，但因為每日就寢前都會寫上數行，應該算是日記吧？只是問他本人時，他並沒有回答說是。」深山醫師摸著緊貼頭皮的頭髮，以稍微帶著冷漠的聲音說。鏡片後面瞇著的眼眸也帶點神經質，若是由我進行詢問，可能會感到困惑不已。

「就寢前嗎？」火村用拇指彈了一下筆記本的封面。「他從什麼時候開始寫這個？」

「兩、三個月前。他表示想要筆記本，我也考慮到如果他能做些表達，也許可從其中找到治療的關鍵，所以給了他筆記本和文具，結果就寫出這樣的內容。」

佐竹稻子也提及宇田美彥的這種習慣。

「我希望你幫忙解讀，有可能嗎？」

深山晃久淡淡地回答：「當然不能，因爲這是美彥發明的新式文字。」

「嘿，是自創的嗎？」火村誇張地感嘆出聲：「這麼說，美彥得的不只是憂鬱症，還包括精神分裂症？」

深山醫師頷首：「聽說火村教授是社會學專家，不過剛才樺田警部也告訴過我，說你對心理學也有深入研究。正如你所言，美彥罹患了精神分裂症，同時也是種能創造新語言的造語症，不過他因爲無法出聲，所以只能以創新文字來表現。」

精神病患能寫出這種文字嗎？我覺得很有趣，再度看著筆記本。我知道所謂的文字不過是種「在我們的語言範圍裡，這種記號表示這樣的聲音或含意」的約定，而且這樣的約定有無數個同時並存著。但是，儘管理論上是如此，若眼前出現某人獨創的文字，一開始還是會感到異樣。那是源自人類精神的黑暗深淵所聚合起來的東西，是會煽起觀看者不安的創意，是已成爲化石的幻想。

我忽然有各種問題很想問精神科醫師：「其中也有看似取自漢字的文字，但應該也是具有個別意義的表意文字吧？」

深山露出稍顯憂傷的表情：「這點只有美彥自己才知道，我沒有辦法回答。的確，裡面所寫的創新文字看起來似乎是以漢字爲基礎，或許是表意文字也未可知。但，另一方面，它們看起來也像是片假名或韓文，所以絕對只有他才能瞭解其意義，不過他是否能將這些文字讀出音來還很難說。而我國語言文字的特徵是表意文字與表音文字併用。」

「使用字母之類的表音文字國家的病患應該不會出現這種症狀吧？」

醫師推了推度數似乎很深的鏡框。「不錯，印歐語系的歐美各國病患皆是創造出新的詞彙，因爲病患只是置換了現存的所謂字母的表音記號。」

我不小心脫口而出：「眞有意思。」

深山醫師接著說：「你說的沒錯，對於這種造成語言領域混亂的型態，有許多歐美國家的研究者非常關心。」

我深覺佩服地一時忘記此刻正在調查事件。「失語症病患會創造新文字是很稀有的病例嗎？」

「不是。不過，有栖川先生，我不希望你誤會，美彥罹患的不是失語症，他會喪失語言能力是因爲精神分裂症，應該與因腦部損傷而造成的失語加以區別。」

我臉上浮現疑問。

醫師進一步地專業說明：「你可能認爲無法操控日常語言就是失語症吧？其實沒有這麼單純。失語症只是陷入純粹的語言危機，患者的思考過程並無障礙，所以在日常、現實的領域裡不會有太大的影響，還能零碎地留下一些與人簡單地招呼或喊出『好痛』之類的日常詞彙。相對的，精神分裂症病患的障礙並不止於失語症的範圍，而是深入最基本的部分，損害到日常、現實的精神領域，其中有像美彥這樣澈底無語的狀態，也有無意義吼叫的病例，更有只是機械性地重覆對方的話的病例等等各種不同程度的語言能力之喪失。若要問說爲何會如此？那是因爲失語症患者內部解體的乃是語言的道具性，但是精神分裂症患者內部解體的卻是世界本身。」

說到這兒，深山醫師停下來望著我，好像在問：還有問題嗎？

我正在思考該如何回答時，火村打岔了：「你所說的已經牽涉到語言學的領域了。語言並不是爲了某些事物的方便而劃分，而是顯現『我』與『世界』的關係，因此在世界被雅斯培（譯註：Karl Jaspers，德國哲學家）所說的幻想情緒解體時，應該會產生『語言不能降於〈事物〉之上』的現象，然後呢？」

深山斜著身體，轉向火村：「然後與意義分割的記號歷經漂流後，爲了保護自我不陷入渾沌，於是捏造出自我的、幻想性的意義，因而產生精神分裂症患者的語言危機，最後演變至幻聽或幻想之類的病理。」

「美彥先生的症狀惡化至開始妄想嗎？」我想起佐竹稻子所說的話。

「大概從一個月前情緒開始相當不安。」

「佐竹小姐說他好像害怕著什麼，有這種事嗎？」火村問。

深山再度推高下滑的眼鏡。「看起來是有這種情形。由於離開地下室的房間就無法保持冷靜，所以我盡量讓他待在房裡。但是，事情爲何會演變成那樣呢……」

4

深山和子上窄下寬的臉孔靜靜的左右搖動。

「不，美彥的房間從來沒有從外面鎖上過，所以他想去庭院的時候隨時都可以去。同時，他也知道儲藏室內放著燈油，而且也可以拿出來，但就算這樣，外子和我也從未想過他會自殺。事情變成這樣，我實在覺得很難過。」

繼深山晃久之後，火村和我與她面對面，仔細聽著她的證詞，不過她所敘述的內容和她丈夫無絲毫不同。深山醫師生來就是神經質的容貌，但表情沉痛的深山夫人感覺上平時應是相當開朗的女性。

「死者並無看似自殺的跡象。我們想請教的是，最近一個月來，他是否有過什麼奇特的舉止？」

火村並未採取質問態度，可能打算讓應該相當健談的和子夫人自由陳述吧！

「你們可能從稻子那裡聽到了很多事，而且應該也看過地下的房間，大概瞭解是怎麼回事了吧！外子也有很多無法明白的地方。」

「也許我們還有所遺漏，所以能否請夫人主動敘述？」火村用推銷員似的誠懇語氣說。

「你們應該聽說過了……」夫人再度說：「他蒐集了很多東西帶入自己房間，包括從我的化妝檯拿走手鏡，也從我的衣櫥拿走了舊錢包……」

手鏡和舊錢包？

「也曾從廚房拿過米和鹽，但又不像只拿一點點抓著吃。啊，稻子打掃房間時，還曾經從床底下找到洋蔥。」

米和鹽？洋蔥？

「不是爲了食用卻蒐集這些東西，他到底在地下室做些什麼呢？」我不由自主地提出疑問。但和子應該已經回答過「外子也有很多無法明白的地方」。

「不只是奇怪的蒐集，他好像也有怪異的舉止吧？」火村催促。

「他常拿著橡皮筋玩，表情嚴肅地像這樣彈著……」她用拇指和食指擺出L字型，做出在其間彈著假想的橡皮筋的動作。

「神情很嚴肅嗎？」火村搔搔耳洞，問。

「是的，雖然他從很久以前就關在自己的殼中，但最近一個月才發現有這樣的動作。」

我完全被搞混了。宇田美彥雖然精神有毛病，但總覺得他的怪異舉動應該隱藏了某種意義才對。因爲，人類是種無可救藥地想追求意義的動物，他的舉止行爲絕對有著只能在極其自我的幻想世界中方可說明的理由和目的。即使這樣，手鏡、錢包、米、鹽和洋蔥……簡直是小孩子才有的行爲！

「爲什麼從一個月前開始出現這種事呢？妳是否想過其中有何種含意？」我期待火村應能解釋。

但，火村只是回答：「這是個難題。」

或許，在現階段也是沒辦法的事吧！

「我還想請教一下昨夜的事情。你們的鄰居川瀨先生爲了告訴你們發生事故而敲門時，你們都在做些什麼呢？」

火村似乎暫時停止討論宇田美彥行爲怪異的話題。

「我已經上床了。我平常都是十一點就寢，外子在書房裡查資料，稻子通常也很早睡，那時應該已經睡著了。所以，最先到玄關的人是外子。」夫人明白地說出。

「正聽著川瀨先生說明時，巡邏警車就抵達了？」

「是的。我們正聽到『庭院角落有人被燒死』而大驚失色時，警察就趕到了。那時大家都亂成一團，問著眞的有人被燒死嗎、到底是誰的時候，美彥都未露面，所以我就到他房間去看看，卻發現空無一人。不僅如此，房裡的情況也很古怪。當外子說『死在庭院的不會是美彥吧』的時候，我不禁心跳加促，因爲，第六感讓我覺得焦黑的遺體不用確認也可斷定是美彥。由於是第六感，當然無法清楚地說明理由。」

「是妳先生確認遺體嗎？」

「不，在警方要求下，我和稻子陪同外子確認。雖然是這樣，但因爲連容貌都無法辨別，所以只是確認一下口袋裡未燒盡的物品和鞋子。」

這樣能否斷定屍體身分還是個問題，但是，他們能做的也只有這樣吧！

大約兩小時前，燒死的屍體已根據法醫學上的鑑定確定是宇田美彥。

「美彥先生昨天是否有特別奇怪的地方？」

「我想不出他昨天有什麼特別奇怪之處。刑事先生已經問過很多次了，我還是想不出來。」

可能是接受了多次訊問，和子完全是機械式的回答。

不過火村絲毫不介意，再度轉變話題：「夫人和佐竹小姐的臥房，還有深山醫師的書房各在什麼地方呢？」

「我和外子的臥房在二樓最西側，稻子的臥房在一樓後面，書房則在二樓東側。」

火村又搔了搔耳洞。「事實上，川瀨先生發現燒焦的屍體，望向貴宅這邊時，看見二樓有人影晃動，那是……」

「刑事先生也問過了。」和子打斷火村的話：「他們問那是我，或是外子？當然不是我，因爲我正躺在床上翻閱雜誌。外子也說不是他，所以應該是川瀨先生的錯覺吧？」

「是有這種可能。」火村似乎已經理解，並未深入追究。

我雖有些不滿，卻也明白對方若一味否認，再追究也沒用。

火村改變語氣，嘆息似地說：「即使這樣……」，然後又稍稍停頓，瞥向裝飾在櫥櫃裡的青花瓷盤一眼，又再次望著和子：「照顧精神有毛病的女婿一定很辛苦吧？」

「我們是一家人，這是應該做的事。我很懷念美彥以前健康的時候，他的性情溫柔開朗，爲人正直，做事深思熟慮，又喜歡小孩，眞的是個好青年！我一直相信有朝一日他會恢復原來的樣子，誰知道卻變成這個樣子，眞的是太遺憾了。」她拿出手帕輕按眼角。

火村同情的低問：「有痊癒的可能嗎？」

「這個……」夫人低垂著頭。「外子雖然說過很難痊癒，但又說不能放棄希望……」

「美彥從來沒試著把自己的意思傳達給誰嗎？」

「他把自我封閉在自己的世界裡……」

「我剛才看過他寫的日記。」火村只說了這句就停下來。

夫人抬起臉，好像正思考該如何回答才好。

見到這種情形，火村接著問：「不是日文，也非外國語文，完全無法理解他寫些什麼。他每天到底在記錄什麼呢？甚至會自己創造文字，一定是想要表達什麼事情吧！夫人是否有想到什麼嗎？」

以手帕遮眼的夫人微帶不快地回答：「我完全想不出什麼。」

火村並未因夫人這種反應而停止，反而接著問：「關於美彥先生的病情，夫人與深山醫師沒有對佐竹小姐與警方隱瞞什麼內情嗎？」

「你說什麼？」和子反問：「我不懂你的意思……」

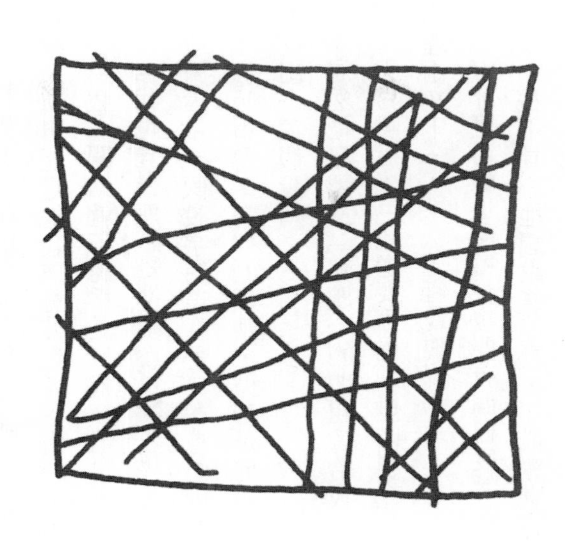

5

問題的地下室。瀰漫著地牢氣息的死者的房間。

火村和我、還有野上刑事組長一時無言地的低頭望著腳下的地板。這裡也留下意義不明的東西，在貼著Ｐ磁磚的地板上用黑色奇異筆畫著這樣的圖案——邊長約一公尺的正方形。

牆邊掉落著拔去筆蓋的奇異筆，似乎是美彥擅自從書房拿出來的。

「這樁事件眞是充滿最適合教授解決的一堆謎團！」野上扭曲嘴角，諷刺地說。

火村和我早就摸透這位組長從基層一步步陞遷上來的妒忌心理，早已習慣將他的諷刺當作一種激勵。或許，野上自己也以這種厭惡我們的頑固姿態而自得其樂吧！

「如果是猜謎遊戲還有趣點，可是殺人的話就不好玩了。」助理教授雙手插在白色夾克口袋說。在我們聽取深山夫婦的說明之時，法醫解剖的結果也出來了，證實宇田美彥的死因乃是頭部遭受重擊，有可能是他殺或意外致死。由於屍體受損情況嚴重，需要花費相當時間鑑定。

「我一開始就不認爲是自殺，但也只是憑第六感，無法像教授那樣條理井然地說明。」

「我也覺得或許是他殺。當然，也是憑第六感。」火村朝組長微笑，然後轉頭望向我。「謎團愈來愈龐大了。假設宇田美彥是自殺身亡，他藉著創造新文字所寫的日記，或是無數奇特的舉止，將僅止於吸引臨床醫學的興趣，但若是他殺，有栖，就該是我們行動的時候了。身爲推理作家，你不能提出一項假設嗎？」

居然把自認爲「難題」的問題丟給我。「且慢，事情還輪不到我頭上，畢竟資料尚未齊全。」

火村嘖舌：「難道要等兇手自己招認才是『資料齊全』？既然讓你當助手，就請表現一下你存在的理由吧！」

嘖什麼舌嘛！沒禮貌也要有個程度。「這……被害者蒐集的東西有米、鹽、洋蔥和……還有什麼呢？」我不甘心地想說些什麼，卻很難堪的，連美彥蒐集的東西都無法全部想起來。

「東西都放在桌子抽屜內。」野上說。

火村右手戴上黑色絹絲手套，打開抽屜取出手鏡和錢包。他打開錢包，確定裡面空無一物。繫在錢包上的鈴鐺發出可愛的聲響。

「不僅手鏡，連錢包都是女用之物，他不會是獨自一人在玩扮家家酒吧？」

「用米粒、鹽和生洋蔥未免太簡陋了些，若眞是玩扮家家酒，應該還會帶餐具進來。」火村神情嚴肅地說。「還有，地板上留下的圖案也無法說明其用意，彈橡皮筋的動作也與扮家家酒無關。」

好啦，我知道了。

「可以把話題稍微往回推一些嗎？」野上慇懃的說：「火村教授剛才使用『他殺』這個字眼，但是宇田美彥並無遭人殺害的證據，只不過因爲頭部有裂傷，所以才認爲他會自焚很奇怪。」

被對方指出問題點，火村用力的一屁股坐在床上。「你說的沒錯，我的發言是過度輕率，說溜嘴了。」

直率地承認自己的錯誤後，火村沉默不語，以食指按住嘴唇。這是他陷入沉思時的無意識動作。

不久……

「我們來試著整理這個事件中的所有疑點，暫時忘掉謎團的事。首先是宇田美彥的死因爲何？是什麼造成他頭部的裂傷？或許是他殺，也有可能是遭到意外。第二點，在他的屍體淋上燈油點火的是什麼人？爲何這樣做？第三點，深山夫婦隱瞞了什麼事？佐竹稻子偷聽到的意義不明的對話，有可能是這件事的遠因，也可能有所關連。第四點，這一個月來，宇田美彥情緒極端不穩定的原因何在？只因爲受到電視上肇事逃逸鏡頭的強烈刺激？第五點，藉著創新文字寫下的所謂日記，實際上究竟是什麼？眞是日記嗎？眞是宇田美彥寫的嗎？若譯成我們的日常語言，會是什麼樣的內容？」

野上在最後的部分用力頷首。「對於是否爲日記這點，我們也感到懷疑而深入調查，無法理解的是，若說是宇田美彥的日記，那屬於他的指紋未免太少了些。雖然上面確實有留下指紋和掌紋，可是數量很少，當然，沒有其他人的指紋存在，不過完全無指紋和掌紋的頁數頗多。」

那的確很不自然。問題是，如果用奇怪記號寫在筆記本上的人不是宇田美彥，那麼就必須懷疑深山晃久的證詞了。

「但，假設這並非宇田所寫，我就更加不解了。若非精神分裂患者宇田寫出的東西，那會是誰故意花費精力開這種玩笑？然而，若不是宇田寫的，那就表示深山醫師撒謊，但我同樣不明白他編造這種謊言的理由。」我說。

「有意思，眞有意思。」火村喃喃說著，像小孩似的上下彈動身體，讓彈簧墊發出軋軋的聲響。「沒錯，日記若是僞造，就會留下深山醫師爲何撒謊之謎。可能是因爲佐竹稻子曾指稱宇田美彥好像有寫日記，所以他才會事先準備好僞造的東西，拿出來說這是日記，對吧？」

火村雖然徵詢我的同意，但我仍是難以釋懷。「準備那樣耗費精力的東西，總覺得太過麻煩……他的用意可能是害怕宇田美彥所寫的東西曝光，所以才交給警方僞造之物。但若不想公開，盡可以託稱『找不到那樣的東西，不知道他藏到什麼地方去了』，這樣不就沒事了嗎？」

「我也這樣認爲。」火村立刻同意：「其中一定有問題。不過，也因爲這樣才更有意思。如果針對那本筆記追查，或許前方會豁然開朗。」

我當然知道筆記本有趣，可是我更在意屍體被燒燬的用意何在。宇田美彥是在自己所住的宅邸庭院被燒成焦黑，所以很難認爲此舉的目的是爲了讓人無法判斷屍體身分。

但是，回想起火村剛剛所列舉的疑點，卻覺得每一個都很重要。深山夫婦隱瞞的事實很可能就是美彥病情惡化的原因，而，若事件眞是發端於此，那麼現在最迫切的應該是讓這對夫婦說出隱瞞的事實。

「現在只知道解開事件謎團的關鍵掌握在深山夫婦手中，他們堅持不說，難道我們就沒有辦法突破嗎？」我對火村說。

野上接著說：「難得我會與有栖川先生見解一致。沒錯，如果有閒情逸致爲謎團傷腦筋，還不如好好訊問那對夫婦，設法讓他們鬆口。」

就在這時，房門忽然被用力推開，和我有幾面之緣、姓遠藤的年輕刑事帶來某項令我們動搖的消息。

「一位自稱是佐竹稻子的嬸嬸、名叫的場妙子的女性來了，她說自己半年前曾是這兒的女傭。」

我心想，可能是聽說宇田美彥死亡而驚訝地趕來吧！但，事實卻不是這樣。

「的場妙子帶來某件東西，據說是昨夜傳到她家的奇怪傳眞。」

「傳眞？內容是什麼？」

因爲遠藤含糊的說著什麼「帶來某件東西」、「奇怪傳眞」，野上急忙站起身。

「那個……好像是宇田美彥所傳出的。」

「什麼！」刑事組長咬牙切齒似的說。「宇田不僅不會說話，也陷入不會寫字的狀態，他究竟是寫些什麼傳眞出去？」

「總之，請先前往客廳看一下實物，聽聽的場妙子親自說明吧！火村教授和有栖川先生也請一起來。」

※

的場妙子帶來的傳眞是以很幼稚且拙劣的字跡寫成，但勉強還能辨讀。

「的場小姐，可以請妳大聲唸出來嗎？」火村靜靜開口。

妙子似乎有點困惑，不過仍低聲允諾，開始唸出簡短的傳眞內容。

「『我是宇田美彥。我曾令人致死。電視上也播過。看來還是逃不掉了。我非常害怕，照這樣下去……』，內容好像還沒寫完就結束了。」

有一頭似乎仔細染成漂亮黑髮的老婦人抬起臉來，望著火村。

助理教授滿意的點點頭：「我判讀的內容也是如此。收到傳眞的時間是昨天晚上十點零二分，妳是在收到傳眞時馬上就看到了嗎？」

妙子搖頭。「昨夜我去朋友家玩，回到家已經快十二點，所以直到今天早上才發現。我正擔心到底怎麼回事時，稻子剛好打電話來告訴我美彥先生死了，我嚇一大跳，差點昏倒。」

坐在一旁的稻子頷首。

「上面說到『令人致死』，妳知道是什麼意思嗎？」野上問。

火村默然。

「會不會是指出車禍時讓自己兒子因此死亡呢？或許還包括了對妻子自殺的自責。」

「至於『電視上也播過』呢？」

「這個……」稻子略帶顧忌的接腔：「我想，是指一個月前在電視上看到的肇事逃逸鏡頭。」

「但是，他出車禍後並沒有就此逃逸吧？雖然同樣是車禍沒錯，但兩者之間的關係太薄弱了，難道說那個鏡頭中被撞到的是與他兒子約莫同齡的小孩？」

「不，是個老先生。」

野上凝視著妙子。「先不管傳眞內容的眞僞，宇田會刻意傳眞給妳，我總覺得不能理解……的場小姐，妳自己有何看法？」

妙子摸著一邊臉頰，表情似乎愈加困惑。「我完全猜不透。我以爲他已經忘記我了……坦白說，我並不認爲美彥先生對我特別有好感，不，最重要的是我覺得很不可思議，他怎麼會知道我家的傳眞號碼？」

「啊，說不定那是……」稻子忽然抬頭。

「怎麼了？」野上的視線再度回到她臉上。

「昨天傍晚我曾經傳眞給嬸嬸。因爲之前嬸嬸在問我元町手工藝品店的地址，我查出來後，畫了地圖便傳眞過去。」

「那又如何？」

「醫師和夫人昨天可能都沒有用過傳眞機吧？如果是這樣，只要按下重播鍵，就能傳眞至嬸嬸家了。」

「妳傳眞給的場小姐時，宇田在旁邊嗎？」

稻子沉吟片刻，搖搖頭：「應該沒有。」

「既然如此，宇田應該不知道按下重播鍵會傳眞到哪裡吧？」

「話是這樣沒錯……」稻子結巴回答，可能是想說：我沒有提示答案的義務吧！

「也許宇田認爲不管傳眞給誰都無所謂吧？所以就按下了重播鍵。」我說。

野上只是漫哼出聲。

但，保持沉默的火村開口了：「嗯，這樣就與的場小姐說的話沒有矛盾了。宇田可能是希望將文章內容傳給別人，無論是誰都沒有關係，這點，從內文有如自白的口氣也可窺知一二，當然，更可能具有求救的ＳＯＳ意思。」

「所謂的ＳＯＳ即表示面對迫切的危機，但這又是怎麼回事？你不會是想說深山夫婦打算加害他吧？如果眞的這樣……」

火村並未馬上回答我，且再度沉默，輕撫嘴唇。不久，他臉上露出笑意，像波紋綻開似的，終至低笑出聲。

「你的腦筋沒問題吧？」我問。

「應該吧！」他回答後，望著臉孔緊繃的野上。

對方冷冷回看著他。

「野上先生，我想到一個奇怪的假設了，雖然尙未完全成型，卻非常合乎邏輯。當然，還必須訊問過深山夫婦才能確定。」

「那麼，我去找警部過來。」

火村制止準備站起來的野上。「但是，在那之前我需要先確定一件事情，如果沒猜對，我的假設將完全崩潰。就是三年前宇田出車禍當天的事……」

「確定什麼事？」野上半站起身。

「第一，但馬地區是否曾發生肇事逃逸的車禍事件？被害者可能是高齡男性。第二，肇事者是否爲宇田？」

然後，他面對我，接著說：「我希望能從你那雜七雜八的資料庫裡找出一些東西。」

6

當火村說出「三年前，竹田城遺跡附近的縣道，有一位八十歲男性被車撞到，駕駛者當場逃逸導致其死亡，這件事是否與你們有關」時，深山夫婦一齊露出訝異神情，似乎不明白是怎麼回事。

不久，醫師用一貫神經質的聲音和眼神問：「你究竟在說些什麼？這與美彥的死有關嗎？」

在樺田、野上和我的注視下，火村緩緩搓揉著雙手回答：「我們就別再兜圈子了吧！我認為開車撞到那位老人後逃逸的人就是宇田美彥。」

深山夫婦彼此看了一眼。和子的喉頭微微蠕動，似是吞嚥唾液。

「雖然一切都是假設，不過請聽我說明到最後，可以嗎？我之所以有這樣的想法乃是因爲宇田對電視上肇事逃逸的鏡頭有激烈的反應，同時也導致病情惡化，若只是因爲車禍失去愛子，這樣的反應未免奇怪了些，說不定他出現精神障礙的主要原因是來自肇事逃逸，而且是發生在兒子死亡之後，也就是與肇事逃逸同時發生，不是嗎？

「而根據警方調查，幾乎在宇田發生車子翻覆事故的同一時間——推測是在稍前——的確發生了肇事逃逸事件，但是肇事者並未被逮捕。主要是當天因爲下著大雨，能作爲證物的車漆碎片全被沖刷掉。若照這個假設進行下去，宇田很可能是因爲這件事故導致精神慌亂而引起之後車子翻覆的車禍。

若確實如此，就可以輕易察覺到他的精神因此受到強烈打擊，而同車的靜代——你們的女兒——精神也同樣受到嚴重打擊，終致自殺的原因。」

「我必須忍著聽到最後嗎？我們沒做出肇事逃逸這種喪盡天良的行爲。」深山晃久說。

「這種事的確喪盡天良，但是，發生車禍時，愈是像你這種會因此失去很多東西的人，愈有可能受到就此逃走的誘惑。」

「沒有證據請不要信口胡言！」

「證據就是宇田送出給的場小姐的傳眞內容。上面不是寫著『我令人致死』與『電視上也播過』嗎？他無法再隱瞞罪行，所以希望能告知不特定的任何人。可是，深山醫師一定企圖阻止過他，不是嗎？」

此時，火村又提及佐竹稻子偷聽到的對話，窺伺對方反應。

和子臉上略微浮現怯懼之色，但深山先生依然無動於衷。

「請你不要胡說，那是謊言，是惡作劇！」

「這是從你家傳眞出去的東西，你說會有誰惡作劇呢？」

「不知道。重要的是，美彥喪失語言能力這件事絕對是事實，這點可以去問我醫院裡的人。就算是用再拙劣的筆跡，他也寫不出任何文章。」

「那一定是他並未失去語言能力吧？」火村反擊。「罹患精神分裂症的他極可能只是併發拒絕說話的症狀，並沒有喪失語言能力。不，我不是說你誤診，而是你認爲他就這樣繼續沉默不語最好，所以才診斷爲語言能力喪失而將他留在家中。」

「你錯了。」

「如果宇田沒有喪失語言能力，傳眞給的場小姐的內容就具有相當的可靠性。」

「美彥不會說話，也不會寫字。我不是給你看過他的日記了嗎？」

「這就是問題所在。」火村豎直食指。深山夫婦彷彿受到催眠似的一齊望著他的手指。「在那本日記上，宇田的指紋少得近乎不自然，令人懷疑日記是否眞是他所寫？或許僞造的並非的場小姐接獲的傳眞，而是那本日記。然而，日記若是僞造，那就表示深山醫師你做了僞證。」

「僞造？」精神醫師恨恨的說：「爲何要僞造那種東西？就算不拿出日記，對我也沒有任何不利的地方，而且，就算拿出來，對我同樣沒有好處。」

「不！」火村好不容易縮回豎立的食指。「因爲佐竹小姐知道宇田平常會在筆記本上寫東西，你提出來說『就是這個』當然對自己有利。還有，如果那是以創新文字寫成，也正好符合他陷入語言能力喪失的症狀。如果日記是僞造的，自然就能證明他仍能操控語言，也能寫字。亦即，如果能僞造有關他語言能力喪失的證據，即使出現了他的自白書，你也可以辯說那是僞造品。」

「日記爲何會是僞造？他不會寫字是事實。何況，所謂的肇事逃逸根本就是瞎扯。」

「那麼，看了電視上的肇事逃逸鏡頭後，他在害怕什麼呢？佐竹小姐說過他總是在警戒著什麼。

我的推測是，基於肇事逃逸的罪惡感，他害怕自己將會遭到某種懲罰。」

還好深山不想反駁。因爲，我想聽火村繼續說明。

「他恐懼著，爲了保護自己不會受到某種懲罰而絞盡各種腦汁，把手鏡、錢包——主要是繫在上面的鈴噹、米粒、鹽、洋蔥等東西帶進自己房間。彈橡皮筋的奇怪動作也是因爲恐懼才開始的吧！另外就是他的房間地板上畫著不可解的圖案。你注意到這一切皆有個共同點嗎？該不會你們夫妻都還沒注意到吧？」

對方沒有回答。

火村繼續說明：「如果用大蒜代替洋蔥應該就更容易理解了。他所蒐集的食物皆具有祛除邪氣或惡靈的力量，米稱爲散米，像撒豆子似地用來撒在房內，不必說，鹽當然具有驅除災厄的作用，洋蔥的強烈味道可以祛魔，手鏡和鈴噹之類的東西也能破除詛咒。他的奇怪動作也完全能夠說明，彈橡皮筋乃是代表日本古代用以祛魔的『弦打』。所謂弦打就是讓沒有搭上箭矢的弓弦響動，藉其聲音祛除惡靈，但是他無法拿到弓，只好用橡皮筋取代。這點，作家有栖川先生已查證過，絕對正確。」

沒錯，提供情報的人正是我。在《源氏物語》的〈夕顏〉之卷，提到因忌妒而發狂的六條御息所的生靈當著光源氏面前企圖襲殺夕顏，光源氏雖因此景詭異而恐慌，卻仍令侍從「弦打不絕其聲」。此事初出於《日本書紀》，而且是經常出現於古典文學中的祛魔方法。

「這麼一來，宇田房內地板上的圖案就能得到合理解釋了。畫這圖案的用意也是爲了祛魔，經我仔細觀察的結果，發現其中央部分隱藏著被稱爲五芒星（✡）的護身符形狀。我不知道你們是否瞭解那是種袪魔符號，不過，你一定是認爲只要是宇田所寫的東西最好予以抹滅，所以才會在上面胡亂畫線吧！

「有這麼多的事實並存，怎麼也無法說是偶然，只能認爲，宇田是恐懼某種超自然力量的來襲，所以在自己周遭佈下這些袪魔符咒與道具。」

「你的話很有趣。」停頓片刻，深山醫師接著說：「可是，那又如何？」

儘管擺出一副鎮定姿態，他的額頭還是浮現些許汗珠。

火村以手指指著他胸口：「到了這個地步，你應該明白了吧？而且也能解開你爲什麼在殺死他之後還必須焚屍的謎題。」

「我先生沒有殺人！」和子夫人尖銳的聲音刺耳。

我被這種受恐懼驅使的叫聲嚇了一跳。

她的眼角沁著淚珠，雙手祈禱似的交握。「外子沒有殺人。只是因爲美彥狂暴失控，外子爲了制止他，兩人纏鬥在一起……」

深山慌忙想阻止，卻又馬上放棄，任憑妻子說出一切。

「外子發現他好像發送傳眞到什麼地方，所以予以斥責，結果美彥更加激動的瘋狂掙扎，外子用力推他時，他腳步踉蹌以致於頭部撞到牆壁而死，事情眞的是意外。因爲在地下室裡，稻子好像沒有察覺，所以我才說『就當他是自殺好了』。」

「不，妳只是默認我做的事，並無其他罪行。是我處理掉美彥因恐懼與悔恨而寫下的日記，是我參考昔日病患的病例雜記、虛構創新文字的日記，也是我拉住死亡不久的美彥手指，在嶄新的筆記本留下指紋。」

夫妻倆開始互相爲對方脫罪。看樣子，美彥死亡的眞相已經大白，剩下的疑問只有……

「你們應該是基於兩項理由不得不焚燒宇田的屍體吧？一是僞裝死因爲自殺，另一則是爲了掩飾他會寫字的事實。」

「第二個理由是怎麼回事？」樺田警部問。

「因爲他在自己身上也施加了袪魔咒。對吧？」火村問。

夫妻倆一同頷首。

助理教授做出鬆了一口氣的動作。

「他仿效無耳芳一的故事，在全身畫上了袪魔咒。」

「什麼！」野上驚呼出聲。

火村雙手合十：「南無阿彌陀佛。」

是她？還是他？

1

「馬利林先生」 阿蘭的話

啊，刑事先生，你又來啦？嗯，你是森下先生，對吧？這次帶著朋友、以私人立場來捧場嗎？我們正在準備中，還沒開始營業……

什麼，爲了工作？那可眞遺憾。

就算這樣，穿上全套亞曼尼西裝的森下先生看起來一點都不像粗鄙的刑事，你帶來的那兩個人也不錯，都是一副好男人模樣，我好高興呢！咦，他們不是刑事？果然不出所料……啊，我不是說當刑事的沒有好男人，請你不要誤會。

我是阿蘭，請多多指教。

這張名片的設計很有特色吧？只是有一點薰衣草香味。不介意的話，可以給我名片嗎？沒帶在身上？你是故意這麼說的吧！

這位是火村先生？能不能告訴我全名呢？火村英生先生？在大學任教？教授犯罪社會學的助理教授？感覺上好像是很難懂又可怕的研究呢！我明白了，社會學也有實地調查、蒐集資料的工作，所以才加入警方的調查。什麼，我的直覺很敏銳？當然囉，我可是做了五年的人妖呢！何況我唸大學的時候也修過社會學，研究的主題是「轉變爲衆所期待的女性」，還進行過不同年齡層的問卷調查、抽樣調查哩！

那一位呢？哦，火村教授的助手？有栖川有栖先生？唉呀，眞是特別的名字。如果是寫東西的，應該是筆名吧！什麼，本名？嘿，這可難倒我阿蘭啦！問了客人的姓名後就不該再多嘴的，但是，令尊和令堂到底抱著什麼樣的心態替你取這種名字呢？

什麼，沒時間講這種無聊事？因爲不是客人？我知道了！森下先生，你比外表看起來更無趣呢！對了，我至今仍無法相信阿洋會被人殺害。因爲我們上個星期才在電話裡聊了很多事呢！當然，我覺得有問題的都已經告訴過你……

要我再說一次那些事情？不，只是有點困擾，畢竟不是什麼愉快的話題。阿洋的父親被市公車撞死，大阪市所給付的賠償與壽險理賠加起來是一筆龐大金額，對於被斷絕父子關係、已經好幾年沒見過父親的阿洋來說，光是這件事就足夠讓他五味雜陳了，更何況缺錢的堂姊以他從未照顧過獨居的父親爲由，逼迫他把錢拿出來，另外還有自稱是他父親私生子的奇怪男人出現，把事情搞的一團糟。雖然後來與堂姊的衝突告一段落，可是自稱是他父親私生子的男人卻似乎很難纏。我輕鬆的告訴他「像那種傢伙一腳踢開就好了，不是嗎？叫他有證據就拿出來」，他卻很害怕似地說「對方只要一談到錢馬上就換了個眼神，很可怕」，我說「既然如此，或許在你所能及的範圍內給他錢會好一些」，他卻又說「我絕對不要」。阿洋有很多想做的事情呢！他曾嚴肅地告訴過我，只要有錢，他要動手術變成女人，然後到外國去生活。他和我不同，平時是以男人身分生活，私底下卻扮成女人，而且想成爲眞正女人的心情愈來愈強烈，既然得到一筆意外錢財，或許會想用來實現願望。

你們看過阿洋生前的照片吧？是的，的確很漂亮，連我都曾覺得既羨慕又忌妒呢！沒必要接受隆乳手術，只要細細地化妝，再剃掉不必要的毛髮，就可以很漂亮了，沒辦法，因爲他本來就是個美少年。高中三年，我們倆一直同班，我很清楚阿洋常常收到女孩子的情書呢！不管他是男或是女都會非常漂亮，你們不認爲這是很棒的事嗎？只要任選一種就行。或許吧！如果我能磨練出女性的魅力就很滿足了。儘管高中時代不太熟的我們，在幾年後重逢，知道彼此皆是拋棄男性身分的同志，馬上開始了密切往來，這實在可以說是奇遇，一想到再也不能見到他，我的內心就很難過……

金錢以外的麻煩？這個也要重複一遍嗎？當然沒有關係，只不過我也不太清楚，只是在電話中聽他說過，有某個男人搭上他，可是對方的女人發覺後非常生氣。雖不知道是什麼樣的女人，但，可能是見到阿洋後，發現自己完全沒有勝算而愕然，也因爲這樣才亂了方寸吧？那女人從阿洋還活著的時候就相信他是眞正的女性呢！是的，阿洋在電話裡說過是「確確實實的女人戰爭」。

蒲池由眞？……我沒聽過這名字，所以不清楚耶！他只說對方在人力派遣公司任職，專門擔任汽車或電腦之類的展場女郎……那位叫蒲池由眞的女人眞的是展場女郎？這麼說應該就是她了。

無論如何，阿洋是個很小心謹愼的人，不可能因爲沒有緊閉門戶而讓歹徒闖入，同時也不是個會讓人憎恨的人。或許還有許多人無法理解爲何他會喜歡穿著女裝，可是，他眞的很有同情心，是個體貼溫柔的好人。

兇手絕對是剛剛提到的展場女郎或私生子，是她？或是他？請你們盡快查明眞相，替阿洋報仇。森下先生、火村先生，還有……對了，有栖川先生，你們眞的要好好加油！

※

「青鳥的棲木」　酒保的話

一直都被稱阿洋，看了報紙以後才知道本名。那位美女竟然擁有劍崎洋源這種硬梆梆的姓名，實在是太不搭調了。當刑事先生告訴我那個人其實是男性時，我還不禁回答「你是騙人的吧」。

的確，聲音是很低沉，但是，女性裡也有聲音沙啞低沉的，只憑這點根本沒辦法判斷。姿態和動作嗎？手或指尖的動作比那邊的女性更女性化。現在回想起來，應該是因爲男人才會這麼刻意地表現吧！抱著希望成爲女人的渴望……

一起喝酒的是蒲池小姐。由於之前常和朋友或戀人似的男性前來，所以她的容貌我記得很清楚，前晚她是第一次帶那位劍崎先生一起來……就坐在火村教授坐著的位置。劍崎先生坐在吧檯角落，隔壁坐著蒲池小姐。

沒發生什麼口角或爭論。雖然聽不見他們在談些什麼，感覺上卻像感情極佳的女性朋友，應該是討論一些彼此的近況或演藝圈的新聞吧？我記得他們有時竊聲交談，有時卻又大笑出聲，好像非常享受聊天的樂趣。沒錯，這是眞的，不但沒有爭執，反而是非常和諧的氣氛。

喝酒的是劍崎先生。摻水威士忌喝了五、六杯，也點了多種雞尾酒。可能酒量不太好，醉得相當厲害。蒲池小姐本來就不太喝酒，又表示她當天「開車前來」，所以只是喝個滋潤喉嚨的程度。

時間嗎？這點對刑事而言最重要吧！進到店裡是九點之前，走的時候大約是十點半。可能多少有點誤差，不過我想，就算有誤差，頂多也只有十五分鐘左右吧？我當然記得。你們也看到了，這兒的店面並不大，而且才前天的事情而已，我有自信。

是的，蒲池小姐說「你喝醉了，我送你回家」。劍崎先生嘴裡雖然說「不，沒事」，但感覺上已是步履踉蹌了。

2

話說回頭。

臨床犯罪學家火村英生和充當其助手參加調查的推理作家我——有栖川有栖——此次著手的事件並無特別異樣之處，只是被害者的角色有幾分不同。

事件發生在昨天——十一月十日。現場是吹田市桃山台的公寓。專案小組總部設於吹田警局後，今天大阪府警局調查一課的船曳警部才與我們連絡。火村停掉下午的一堂課，開著他那輛讓人看了想笑的破賓士從京都趕來，我則關閉電腦電源，開著別人送我的日產「青鳥」前往，兩人幾乎是同時進入專案小組總部的刑事課辦公室。

我們一進去，船曳警部立刻站起，將附近兩張空著的椅子拉至自己辦公桌前。肥胖的身軀和註冊商標的吊帶實在非常相襯，與那顆因爲光禿、形狀好看的頭而被私下取的綽號「海和尙」一樣，警部和吊帶——雖然他本人稱爲褲帶——總是分不開。

「我們在房門前和森下先生打過招呼，他很想把這次的事件稱爲絕世美女殺害事件呢！」我說。

警部嚴肅地點著頭。「這名稱聽起來似乎有點輕佻，不過，被害者的眞正身分是男人，而且光看照片就覺得相當漂亮，其實與這名稱蠻相符的。我認識很多有這方面興趣的人，只要好好地化個妝，根本不用太大驚小怪，可是……你們先看看這個。」

船曳把一張照片置於桌上。好像是被害者生前的照片。

「這……太驚人了！」火村瞥了一眼，吹起口哨。

微微上揚的眉毛，其下是明顯的雙眼皮，綻著笑的紅唇，全是女性必備的氣質，就算知道他是男人，仍會迷戀地癡望不已。斜披在右肩的栗色長髮或許是假髮，但卻非常好看，黑色針織衫領口露出的鎖骨散發十足的性感。

「姓名是劍崎洋源。昨天下午二點被發現在他桃山台公寓的房間裡遭人殺害。發現者是宅配送貨員。因爲無人應門，就試著轉動門把，門卻開了，所以他邊叫著『有人在家嗎』，邊探頭入內，看見起居室地上有倒臥的人影，他本來以爲是急病發作，正想進入時，見到朝向這邊的臉孔明顯失去生命跡象，所以急忙衝到管理員室撥110報案。」

儘管貨物收件人姓名和房間名牌上都是男性姓名，發現者仍認爲倒臥地上、身穿花卉圖案洋裝、裙襬凌亂的被害者是女性。或許是因爲太過害怕而不敢接近五公尺以內，但是，就算靠近觀察，要識破死者爲男性可能也很困難吧。光看照片就知道劍崎洋源的化妝打扮幾近完美，更何況是死亡時的樣貌，可以想見絕對更難辨別。

「如何？有栖川先生，作爲男人有點可惜吧？」

說可惜未免奇怪了些。「沒錯，確實是超越了藉化妝扮成女性的水準。雖然要上《流行》的封面可能還差一點，不過上《周刊現代》已綽綽有餘。」

仍在我身旁盯著照片的火村蹺起二郎腿問警部：「他是個什麼樣的人？」

「今年二十三歲，大阪市內的高中畢業後就沒有固定職業，靠著販賣食品，或當進口烹飪器具的推銷員之類的兼職維生。可能是存了一點錢吧？最近兩個月來都無所事事地四處閒蕩，生活相當地悠哉。」

「獨自一個人生活嗎？」火村再度望著照片。

「是的。一個人住在桃山台的兩房一廳公寓。很久以前就和父親關係惡劣，但似乎與他喜歡扮成女人無關。在母親尚未去世之前就離家出走。

「他有一個在人妖酒吧『馬利林先生』工作的高中朋友，對方告訴我們很多與他有關的事。被害者是個溫柔的美少年，以前並無女性化傾向，可能是畢業後和各種人交往時，使原本沉睡的女性化傾向一點一滴地甦醒吧？他在以前工作的地方都是以非常平凡的男人樣貌出現，鄰居看到新聞報導也都很驚訝，當然，是有一些人表示『曾看過半夜有年輕女性用鑰匙開門，一直以爲是他的戀人，原來竟是劍崎先生本人』。」

警部接著取出一疊大約二十張的照片，推到我們面前。每一張都是生動的現場照片。

「根據驗屍結果，死亡時間推定爲十一月十日，也就是昨天的清晨五點至九點之間，不過，根據某項證詞，或許還能將時間縮短爲七點至九點之間。」

火村把看過的照片一一遞給我。「所謂的某項證詞是？」

「一位叫蒲池由眞的女性說她在清晨六點過後都還和被害者在一起。據她所說，兩人前天晚上一塊喝酒，結果被害者喝得爛醉。不得已，她只好開車帶他回自己的住處。隔天早上，他在六點左右醒來，不停地說著『對不起，給妳添麻煩了』，然後離開。除了她以外，還有第三者的證詞。蒲池由眞的公寓在住之江區，被害者回到家需要將近一個小時的時間，所以案發時間可以推定在七點過後。」

「命案現場是被害者的住處沒錯嗎？」

「毫無懷疑的餘地。」

我和火村再次盯著照片。

警部說明驗屍結果：「死者頭部受到毆擊導致頭蓋骨右上方和後方破裂，應該是受到鈍器從背後兩次重擊造成，推測第一擊之後幾乎當場死亡。從傷口的角度判斷，兇手應該是右撇子。沒有性交的痕跡。」

呈現近乎X字型姿勢倒地的被害者頭部有個如警部所說的傷口，但是屍體四周找不到疑似兇器之東西。臥房的衣櫃抽屜全被拉開，衣服皆散落在地，應該是兇手翻找財物的痕跡吧！

「不會是竊盜殺人嗎？」我脫口而出。

「如果只是單純的竊盜 殺人，就不值得通知火村教授了。首先，以竊盜殺人而言，一大早行動明顯地很不自然，何況雖然有翻找財物的痕跡，卻都只是一種僞裝手法。你看，從衣櫥抽屜夾住衣服的狀態判斷，很明顯是由上往下依序拉開，潛入竊盜者不可能這麼愚蠢。再說其中一個抽屜裡的存款簿和印鑑仍原封未動，可見只是作作樣子而已。另外，被害者以前曾被闖過空門，對門戶的安全相當神經質，與其說因爲不小心讓歹徒侵入，不如認爲是熟識者行兇還更有可能。」

警方認爲是被害者自己引狼入室。

「就算是熟識者懷恨殺人，時間上還是令人在意。」我說。

「沒有工作時，被害者總是悠哉地喝著酒，聽深夜廣播或看電視，直到天快亮都還未上床……反正清晨六、七點是他就寢前的時間帶，應該不會是和人見面的時間。」

「有發現任何嫌疑犯嗎？」火村問。

「是有曾與被害者發生爭執之人，不過尚未確定該不該稱爲嫌疑犯。這也是剛剛提過的被害者的高中朋友說的。爲了再度確認，森下將去見該名證人，火村教授和有栖川先生如果願意也可以同行。被害者在事件前晚和蒲池由眞一起喝酒的酒吧就在附近，也可以順道繞過去看看。我想，對方這個時間應該還在準備中，問起話來也比較容易。」

3

走出「青鳥的棲木」，我們再度回到專案小組總部。因爲重要關係人都已來到警局。

三人好像都很在意被外人知悉，也討厭刑事來工作場所或自宅附近，所以選擇主動前來。

「所謂的三個人，一位應該是蒲池由眞吧？剩下的兩人是被害者的堂姊以及與被害者有過爭執的私生子嗎？」上了車，坐在駕駛座旁的火村喃喃說道。

握著方向盤的森下簡潔回答：「是的。剛剛阿蘭雖然沒有提及，但我們問過曾與被害者接觸的人們，大家都說劍崎洋源，也就是被害者，個性穩重、相當有紳士風度……當然，被害者自己可能不會喜歡這樣的評語……總之，絕對不會是被別人憎恨之人。就算知道他希望變性爲女人而驚訝，評語同樣沒有改變。這樣一來，就不得不懷疑火村教授和有栖川先生接下來要見到的那三個人了。」

「可是，森下先生，」我在後座打岔：「根據方才那家店的酒保所言，被害者阿洋和蒲池由眞不是非常友好的一起喝酒嗎？如果爲了戀人的事有所衝突，應該不會如此才對。」

「並不能因爲酒保這麼說就認爲他們之間眞的友好吧？或許是彼此的心結已解開了，但是，這仍須訊問過蒲池由眞本人才知道。」森下回答。

我心想：訊問當然有必要，不過就算彼此互不相讓，應該也不會據實回答吧！

「阿洋一星期前打電話告訴阿蘭，他與堂姊在金錢方面的糾葛已經解決，但是彼此一定也曾像他與蒲池由眞一樣起爭執吧？當然，能在一星期之內解決並沒有什麼不可思議的，可是我想問清楚是什麼造成和解的契機。」

抵達吹田警局時是晚上六點半，天色已經黑了。關係者之一、自稱私生子、爭奪遺產繼承的男性沒多久就出現。火村和我陪同船曳警部與對方見面。

「我是川端研。」穿著樸素格子外套、打著領帶的他自稱是吹田市內某食品廠商的營業員。頭髮三七分梳，講話語氣頗爲誠懇，比洋源年輕兩歲，但感覺上蒼老許多。

他淡淡說出已故母親告訴他的故事——爲何父親至今不願承認他的原因——昔日在南方的酒廊當公關的母親與常客、亦即劍崎洋源的父親的不倫之戀。

「家母說要靠自己養育孩子而生下了我，不過還是一直向家父多少拿了些撫養費。家父曾說，很抱歉只能給妳這一點錢，不過萬一有天自己出事時，會給妳一整筆的錢。所以我也有權繼承家父留下來的遺產。」

「你能證明與令尊之間的父子關係嗎？」警部問。

「當然可以。」對方肯定地頷首。「家母有留下家父寄來的一疊信件，另外還有幾十張父子的合照。如果需要醫學上的證明，我也願意接受任何檢查。」

都這麼說了，應該不會是謊言吧？這樣看來，他的確有繼承遺產的權利。

「你理所當然地主張自己的權利，但是洋源卻拒絕分贈遺產？」

「是的，他一口咬定我詐欺，臉紅耳赤地咆哮說那是對自己很重要的一筆錢。可是，對我也很重要呀！也許你們已經調查過了，我欠了人家一筆錢……因為我有點喜歡賭馬……」

可能真的調查過了，船曳警部點點頭。

「不管雙方理由如何，為了分或不分遺產，和你發生衝突的洋源在這個事件中死亡，你應該明白警方不得不懷疑你的理由吧？雖然知道你會覺得不愉快，但是，你能證明自己昨天早上七點至九點之間在哪裡、做些什麼事嗎？」

既然是上班族，這種時間帶的不在場證明應該是很輕易就能提出的，可是他卻苦著一張臉，彷彿咬到了幾隻蟑螂腳似的。

「如我昨天所說的，我有偏頭痛的老毛病，只要去問我公司的同事就能知道。每兩個月幾乎會有一天痛到無法忍受，而昨天剛好就是這樣的日子，眞的。我八點半打電話向課長請假後就睡到正午過後。加上我是一個人生活，所以沒有辦法提出證明。」

「沒人打電話來、也沒有宅配的送貨員到家送貨嗎？」

「我也仔細回想過，但什麼也沒有。通常只要時間一過，頭就不會那麼痛了，所以我一直忍著，也沒有上醫院。」

這樣根本無法判斷對方說的是眞是假。

「你住在東淀川吧？搭乘電車和徒步前往桃山台的命案現場不到三十分鐘。」

「是的，是不太遠，可是我沒有殺人。因爲我知道如果我殺人，絕對會最先受到懷疑，所以我不可能做那種蠢事。」

警部又做了幾項與事件有關的確認。

之後，火村開口：「你知道洋源喜歡打扮成女人的嗜好嗎？」

「不，他和我談話時並沒有表現出那樣的態度，所以我不知道。」

火村拿出洋源穿著女裝的照片。

「這就是他。如果你和這樣打扮的他在電梯裡遇上，你能認得出來嗎？」

大概只能憑想像回答吧？川端研一時浮現困惑的表情，不久，搖搖頭。「應該是認不出來。我曾覺得以男人而言，他的皮膚太白，五官也太漂亮了些，卻想不到他能打扮成這樣。」

他似乎在暗示自己不可能會毆殺打扮得如此美麗的對方。

「你見過劍崎梗子小姐嗎？」

「沒有。家父沒有多少親人。除了我，好像就只有洋源和姪女梗子。我認爲一直照顧家父的她也有繼承遺產的權利，很希望找她談談，可是因爲洋源從中作梗，所以直到今天都找不到機會。」

「你知道梗子也和洋源發生了衝突嗎？」

「不。」

「這麼說，連他們已經和解也不知道？」

「沒有聽說。因爲對方根本不把我當一回事。」

「你也沒聽說洋源爲了某個男人陷入三角關係？」

「是的。」川端瞥了桌上的照片一眼：「他好像有很多煩惱。」

4

蒲池由眞身穿茄子藍的樸素套裝，只化著淡淡的自然妝。爲了殺人事件前來警局，或許這樣做最爲自然。感覺上平時應該會打扮得更華麗些。輪廓分明，五官相當漂亮，講話也口齒清晰，確實適合從事展場女郎的行業。

「很抱歉麻煩妳跑一趟。這個房間雖然沒什麼擺飾，好歹也是個會客室，請妳多多包涵。」警部很不好意思似地說。「或許會重複昨天的詢問內容，不過妳的陳述對警方的調查是非常重要的情報，請妳務必協助。」

對方頷首，卻時常偷瞄火村和我。可能是因爲剛剛警部說我們並非刑事，而是民間的犯罪學者，所以多少有點在意吧！

「妳和劍崎洋源，還有名叫吉川肇的男性之間，有著所謂的三角關係吧？」

「是的，是有這麼一回事。不過我昨天也說了，這件事情已經有了解決。」

「什麼方式的解決？」

「剛開始我的確無法忍受男友被他搶走。阿肇人明明在我身邊，心裡竟然還對那個人傾心，甚至背著我出軌，我終於忍無可忍，決定和阿肇分手。當我告訴劍崎這件事的時候，她，不，是他，非常高興。」

她的語氣相當冷靜。

「妳是什麼時候告訴劍崎要與吉川分手的事？」

「三天前。我打電話告訴他，他表示希望直接見面確定我眞正的想法，所以前天才會約在『青鳥的棲木』碰面。」

「酒保說你們聊得很融洽，是因爲和解的關係嗎？」

「應該是吧！因爲他高興，而我也鬆了一口氣。」

「好像只有劍崎一個人喝酒，後來他喝醉了，由妳開車送他。妳本來想送他回家，可是還沒問清楚詳細地址和怎麼前往之前，他就睡著了，所以不得已才帶他回妳的公寓？」

「是的，正是這樣。」

「攙著他的肩膀到床上時，也沒有發現對方是男人？」

蒲池由眞臉上首度浮現不快的神情：「是的。也許你們很難相信，但是我眞的沒有發現。」

警部安撫似的說：「別生氣！對於劍崎是女性這一點，妳絲毫沒有懷疑過嗎？」

蒲池由眞無意義地抓著袖管：「第一次見面時，我是覺得他有點中性，因爲聲音低沉，手腕和腳踝也粗了些，可是，該怎麼說呢……我只覺得他是有點中性的女人，因爲既然會和阿肇交往，無可置疑的，對方一定是女性。」

「在酒吧的吧檯併肩談了兩個半小時也未發現？」

「是的。無論是對於事物的觀點或感覺都很女性化，不覺得有什麼不對勁。」

「妳的視力正常嗎？」

「兩邊眼睛都是一點二。」

「在同一個屋簷下過了一夜也沒發覺？」

她抗議似地略微抬起臉來。「是的。正因爲我一直相信他是同性，所以才會和他在同一個屋簷下過夜。」

「很合理！」警部點頭：「劍崎持續昏睡到黎明六點之前才醒來？」

「是的。他很驚訝地問『這裡是什麼地方』。雖然家中只有土司和咖啡，我仍勸他吃過早餐再離開，他卻說電車已經開始行駛，堅持要離去。似乎不想在我家待太久。」

「當時已經過了六點？」

「是的，她，不，他離開時，曾經碰到送報生，這點你們不是已經確認過了嗎？」

她對警部毫無怯懼之意。

「不錯，是六點零五分。那麼，接下來妳做了些什麼事？」

「現在是在調查我的不在場證明嗎？我看了報紙，吃過早餐，然後出門上班。和平常一樣八點之前離家，抵達大阪商業公園的工作地點時正好九點。啊，由於牛奶剛好喝完了，七點左右我曾去附近的便利商店購買，熟識的店長應該會記得，而且當時也在走廊遇見鄰居太太。」

她住的公寓位於市內西南部的住之江區，命案現場則在大阪府北部的桃山台，包括行兇所須的時間，就算有一個小時的空白也不可能往返兩地。而行兇時間推定在七點至九點之間，如果她的話能得到證實，她的不在場證明就能成立。

「劍崎與妳和解後仍未表明自己是男人？」幾乎沒問川端一句話的火村開口。

「是的，可能覺得我若知道自己的戀人是被男人搶走會更傷心吧！」

「這倒有可能。前天，妳和他是約在那家酒吧碰面？」

「不，我們約好八點在靡尾碰面，之後考慮要去什麼地方時，我提議去那家酒吧。」她的語氣似在反問：那又如何？

「妳帶他回家，讓他躺在床上後，自己怎麼辦？」

「我睡在起居室的沙發。」

「他一直在臥室睡覺嗎？」

我不明白火村問這句話的意圖，蒲池由眞和警部應該也一樣吧？但是沒有人想要問清楚。

「是的，睡得很熟。我雖然沒有起來看他，不過他並未走出臥房。」

火村用食指輕摸自己嘴唇。這是他在思考事情時的習慣動作。

5

訊問過蒲池由眞，等她離去後，在隔壁房間等待的劍崎梗子便接著進入。

她用略帶緊張的神情面對我們。梳著一頭小學女生似的清湯掛麵髮型，戴著退流行的大眼鏡，穿微髒的運動外套，感覺上像是不太拘泥外觀的女性。聽說她是小劇團的演員後，忍不住有點驚訝，不過仔細觀察，發現她身材頗高，而且帶有舞台氣質，或許投入一個角色後就會完全變成另外一個人。

她雖然和蒲池由眞同樣住在住之江區，不過因爲所屬的劇場在吹田，所以是參加練習之後順便過來。

然後，她開始發牢騷。

「我一向都以打工來勉強維持生活。或許有人會說，能夠從事自己喜愛的戲劇工作有什麼好抱怨的？可是，生活眞的很辛苦！而且，無依無靠的我每隔兩天還得去照顧同樣無依無靠的伯父，警部先生，請您體諒我的辛苦。」

「應該很累吧？聽說爲了令伯父留下來的錢，妳和洋源意見不和，到底是什麼樣的情形？」

「由於繼承法並不認同盡心照顧死者生前的人有分得遺產的權利，所以我請他分給我照顧伯父應得的部分。阿洋雖不情願，可是我也不是獅子大開口地要求遺產的幾成，所以幾次討論之後，他也答應給我部分，事情總算圓滿解決。」

「你們之間曾透過法律專家談判嗎？」

「在即將這麼做之前就達成共識。但是這件事圓滿解決後，爲了繁瑣的手續，曾經一同去找律師商談。」

「那是最近的事？」

「事情是在五、六天前解決，然後立刻去找律師。」

不管是蒲池由眞或是梗子，都是在這幾天內處理完和洋源的問題，我覺得這點有必要予以檢討，確定是純屬偶然？或隱藏著其他意義？

「能否請妳再說明一次，昨天早上七點至九點之間，妳人在哪裡？做了些什麼事？」

梗子扶正往下滑的眼鏡。「由於是唯一的親人，被懷疑也是無可奈何。啊，還有另外一個親人，也就是叫川端什麼的人物，他好像也讓阿洋相當困擾。」

「妳認識川端嗎？」

「並未直接認識，只是去找律師時，阿洋稍微透露過。因爲對我而言不是什麼大問題，所以我也沒有詳細追問。」

「是嗎？」警部拉回主題。「那麼，請妳說明昨天早上的情形。」

梗子輕咳出聲：「我從清晨六點半就在附近的麵包店打工，昨天也一樣，工作時間從六點半到八點。然後回家一趟，再前往劇團的練習場，抵達時大約已經九點過後。你們已經調查過了吧？我想，兩邊都有很多證人，應該沒問題吧！」

在對方反問之下，警部摸著圓圓的禿頭：「目前兩方面都正在派人確認中。」

「如果照我所陳述，應該就能確定我沒有餘裕前往阿洋在桃山台的住處了吧？」

「不錯，無論利用何種交通工具都不可能。」

「那我就安心了。不管是在打工的麵包店，或在劇團的練習場，我都和很多人碰過面，而且才只是昨天的事，大家應該會記得。但是，就算沒有不在場證明，也希望你們能理解，我是不可能會殺害阿洋的，他是我唯一的親人，何況律師也可以證明伯父的遺產問題已經解決。」

可能因為放鬆下來，她抬起原本微微低著的臉，唇際浮現微笑。

就在此時，火村喉嚨深處發出奇妙聲響，突然開口對梗子說：「對不起，能請妳摘下眼鏡嗎？」

「怎……怎麼回事？」

雖然是奇怪的要求，但是梗子的反應也讓人在意。與其說是不高興，不如說因為出乎意外而顯得狼狽。

「理由我稍後說明，不過請妳先摘下眼鏡，一下子就行。」

一瞬間的猶豫後，她依言摘下眼鏡，眨著深邃的雙眼皮，困惑似地望著火村。一旦拿下眼鏡，予人的印象有相當大的改變。

「謝謝，可以了。」

她好像想說些什麼，卻只是默默戴上眼鏡，臉上的笑意消失，恢復成不安的眼神。

「妳認識蒲池由眞小姐嗎？」火村微微加強語氣。

「不！」梗子搖頭：「我不認識這樣的人。」

「她剛剛也在這裡接受訊問，她出去後妳剛好進來，妳沒在走廊碰上嗎？」

「這麼說，我好像有和年輕女性擦身而過……」

「妳們互相不認識？」

「是的……」

「是嗎？」

火村並未繼續追問。直到梗子離去後，仍一直保持沉默。

「喂，你怎麼啦？」我立刻問用手指摸著嘴唇的助理教授。雖然是很短暫的時間，他卻好像已抓住了什麼眉目。

火村抽出一根駱駝牌香菸，輕輕在桌面上敲著。「太可笑了！瞎扯也要有個程度。」

「什麼？瞎扯什麼？」警部的海和尚臉向前突出。

「因爲，那種話能信嗎？眞是可笑……」

6

又是阿蘭的話

這次眞的是以私人的立場前來捧場耶，我好高興呢！要請你們吃什麼才好呢？

刑事先生……對不起，這樣稱呼太失禮了，請見諒。是森下先生和栗栖川先生吧？什麼，錯了？

有栖川？啊，我眞差勁，對不起，請你原諒。

京都的大學教授怎麼了？是火村先生吧！呀，沒有來嗎？一定很忙吧！眞是遺憾，一看就知道是好男人……

嗯，首先該拿些什麼上桌呢？對了，拿啤酒乾杯好嗎？

來了來了，請用。那麼，乾杯！

可是，雖說是兇手自首而解決了事件，但阿洋卻再也無法復活了，好空虛呀！居然會有人爲了自己的欲望而做出奪走人命這麼恐怖的事情。所謂的人類實在很悲哀，大家都很可悲、很愚蠢。

聽說是火村先生最先識破眞相？只是聽嫌犯講了幾句話就找出兇手？太厲害了！我一看就知道那個人腦筋聰明……啊，我沒說森下先生和有栖川先生腦筋不好，絕對沒有說。

來、來，我幫你們倒酒，請端起酒杯。哦，我也喝嗎？眞不好意思，謝謝。

上次講過兇手不是情敵就是私生子，結果竟然錯了。我眞差勁，不懂就不要亂說嘛，對私生子太不公平了。

即使這樣，情敵和堂姊兩人聯手殺人眞的很過分！她們是在什麼地方認識的？又如何擬定殺人計畫？

什麼！蒲池由眞跟蹤阿洋到他家，在那裡埋伏等待機會時碰上劍崎梗子？哈哈，原來如此。蒲池說「妳也是同樣遭遇嗎」，兩人才知道彼此有共同的利害關係……

可是，這樣就擬定殺人計畫未免太沒大腦了，很可能兩人都非常迫切渴望金錢或愛情吧？如果阿洋死了，遺產就會全部落入梗子手中，這點我倒可以理解，可是並無法保證愛上阿洋的男人會回到蒲池由眞的懷抱吧！不過，決定殺人的瞬間，爲了避免遭到警方懷疑，兩人馬上進行密切合作，實在是太狡猾了！

梗子摘下眼鏡後的容貌非常酷似阿洋？可能因爲彼此有血緣關係吧？不過利用這一點倒是很大膽的計畫。

最主要的是，事件發生的前後，和蒲池在酒吧喝酒的阿洋是梗子喬裝的？五官輪廓酷似，再加上梗子又是演員，所以充分發揮其演技？女人化成喜歡扮女妝的男人，這的確是令人想像不到，難怪酒保會被騙倒……

聽你們說到這兒，我已經能掌握事件全貌了，眞的。

梗子假裝喝醉，製造出睡在蒲池家的理由，然後，兩人是眞的回家呢？還是暫時到別的地方打發時間？雖然無法知道，卻可以確定他們絕對是在清晨五點左右前往阿洋的住處，每人在他頭部重擊一下……殺死他。

接下來，兩人開車回蒲池家，假扮阿洋的梗子在六點過後離開公寓。之所以會碰到送報生，當然是爲了製造當時阿洋仍活著的第三者證人，只要警方相信，這就能作爲不在場證明，對不對？蒲池前往便利商店購物，又和鄰居打招呼後才出門上班，梗子也是一大早就去打工，當然是想到若能捏造比實際更晚的命案發生時間，自然就確立了不在場證明。梗子家離蒲池的公寓不太遠，可能是先回家卸下喬裝的打扮後，再前往麵包店打工吧！

不過，如果認爲用這點的手法就能完美地犯罪，也實在是太膚淺了！這絕對馬上會被揭穿，眞的呀！因爲，這樣的謊言太爛了。

我曾說過火村先生的腦筋聰明，不過，就連阿蘭我都能看穿那種謊言的。什麼？不、不，我是說眞的。因爲，蒲池由眞講了很白痴的話，不是嗎？火村先生也是因此才發現問題的吧？

嘿，我眞的知道嗎？太失禮啦！如果我和火村先生同樣在場，一定也能同時解決的，眞的呀，眞的。你們可還眞頑固……

我知道蒲池由眞的話有哪些部分是瞎扯的。她說到了早上，見到沉睡了一晚的阿洋時，仍相信他是女性，不是嗎？這種事根本不可能發生！若是過了這麼長的時間，一定會長出來的呀！

鬍鬚嘛！

如果不是視力非常差的人，不應該沒有發現。可是，她卻說自己視力很好，不是嗎？所以當然是在瞎扯啦！

正確答案，對吧？所以蒲池的謊言就被拆穿了。而且，假如她和阿洋在一起的事是撒謊，酒吧的酒保和送報生看到的人一定就是假的阿洋，也就是冒牌貨。這麼一來，警方的調查焦點可以集中在冒牌貨到底是誰這一點之上，這時候，梗子正好出現，火村先生當然推定「就是這傢伙」了。

來，把酒杯放在這邊。

下次一定要帶火村先生過來，好不好嘛？

他是我最欣賞的男人類型，而且又是社會學院的助理教授，我有一些事情想請他提供意見呢！就是有關資本主義和父權制度的無意義且忌諱的相互倚賴關係。雖然我是站在馬克斯主義家庭制度的角度……

鑰匙

1

我難得在飯店閉關趕稿時，火村來訪了。他說他是到東京參加學術會議，順道前來慰問。我們在可以從窗戶見到對面小庭園的咖啡廳裡喝著遲來的下午茶。

「這個給你。」

從包裝可知，他送的伴手禮是蜂蜜蛋糕，而且是用傳統手法製作的。大概是要我別喝酒，好好加油吧！

「謝謝。我可是從家裡帶了茶包來，半夜都是和茶包作伴哪！」

「看你好像很累，打擾到你了嗎？」

還談什麼累不累的……今晚必須完成二十張稿紙，明天一大早就得交出。當然，二十張只是目前的估算值，感覺上似乎會增加到一點五倍之多。

「沒什麼好打擾的，剛好可以讓我轉換一下心情，畢竟都已經閉關第三天了。」我吃著蛋糕說。

坦白說，好像眞有一點活過來的感覺。因爲寫的內容太嚴肅，簡直快筋疲力盡了，但是對編輯這樣講的話，對方一定會說「那就寫到死吧」。不過，還好那位編輯負責的另一位作家也在另一家飯店閉關，他得忙著兩頭跑，深夜以前應該不會過來這邊才對。

「有什麼有趣話題嗎？」我的意思是，出席犯罪社會學學術會議是否有令人感興趣的話題。不過他好像會錯意，從夾克內袋取出某樣小東西，發出輕微聲響地置於桌上。那是約莫小指大小的鑰匙，反射著美術燈的燈光，閃閃發亮。

「那是什麼？」

「昨天學術會議結束後與某人重逢，對方作東請吃晚飯，這支鑰匙是當時拿到的昔日事件之紀念品。你要我講有趣的話題，我覺得有關這鑰匙的事件正好適合，而且還沒告訴過你。」

「那就快講吧！」

創作推理小說期間聽犯罪調查的話題，感覺上就等於是一面吃通心麵，一面伸出筷子挾炒麵。

「這是三年前我剛回母校擔任助理教授那年秋天發生的事件。」火村拂高少年白的頭髮，將方才那支鑰匙拿至眼睛高度。

犯罪社會學家兼偵探的火村英生在協助警方調查，對事件的解決提供貢獻時，自大學時代就與他交往迄今的我——推理作家有栖川有栖——經常以他的助手爲藉口陪同在場。但是對於以犯罪研究爲主、隨時深入調查現場的他來說，我當然不可能總是同行，所以接下來他要敘述的，就是他獨自處理的事件紀錄。

「對了，有栖，你知道這是什麼鑰匙嗎？」

2

可能因為昨夜與關係人重逢而產生排斥吧？他一概以假名稱呼所有關係人，也未說出地點。說到三年前的秋天，我記得他曾經去過伊豆半島的某處，但是，也沒有必要追問這些。

那個鄉鎮是位於南方靠海的溫暖地區，緩坡上休閒度假聖地，疏疏落落散布著幾戶別墅和民宿，事件的舞台也是某一棟別墅。

火村的犯罪研究通常不是獲得警方允許而參與調查，就是接受熟識警官的邀請而開始。當時的情形似乎是後者。他在事件發生時，恰巧為了調閱戰時發生的事件紀錄而停留在隔壁鄉鎮，正想到警局拜訪時，剛好遇上其轄區內發生案件而亂成一團，所謂的案件乃是：今晨在某公司董事長的別墅發現他殺屍體。

他很後悔莫名其妙地跑來蹚這渾水……

「教授來到本地時剛好發生案件，既是在隔壁鄉鎮，又是殺人命案，我不可能不跟你連絡吧？」以前曾協助過調查的縣警局衣笠警視打電話給他，並表示，如果時間上許可，希望能在現場碰面。

火村將預定的調查工作延後，立刻搭乘巴士前往隔壁鄉鎮。當時正是滿山紅葉將落的季節。

單手提著公事包下了巴士，火村在發出沙沙聲的枯葉翻飛旋繞褲管的景致中步行了約十分鐘。左手邊是山，右手邊則是併排著被猶如童話中的糖果屋白色外牆圍繞的別墅。現場是從巴士站算來剛好第八間的雙層建宅。

大概是估算好巴士到達的時刻，警視在現場的玄關拱門附近等待火村。與四十五歲的年紀比較起來，有相當多皺紋，臉頰有點鬆弛的臉上浮現笑容，「我們很希望不是棘手的案件，但眼前的狀況看來似是避免不了了，還好有教授出馬，心裡總算踏實許多。」

「雖不知能否幫得上忙，但爲了再度見識到警視的專業能力，所以還是來了。」

「沒時間說客套話了，還是趕快跟你說明事件梗概吧，請進。」

穿過拱門，橫越設有灑水器的前院草皮，刑事們紛紛對由警視前導的火村輕輕敬禮致意。火村本以爲會直接走向玄關，但是衣笠警視卻改變方向，繞往宅邸左邊。那兒是比建地大約三倍的廣闊庭院，有座葫蘆形的游泳池和露台銜接。

火村心想：往下走去就是能游泳的沙灘，另外建造游泳池未免過分奢侈。

「我希望能讓你邊看現場邊聽說明。被害者是倒臥在泳池對面。屍體在榆樹後面被發現。」

繞過蓄水的泳池邊緣，越過海灘椅之間，往對面走去。風吹動漂浮在微濁水面的幾片枯葉。

「被害者是粟野柾民，二十九歲，這棟別墅主人甘木一郎的秘書。」

一棵樹的根部插著表示陳屍位置的塑膠牌子。

「是毆殺致死，兇器爲粗大的榆樹枝。你也看到了，到處都掉落著乾枯或折斷的小樹枝，兇手拾起其中較粗大者，在粟野的頭部前面和側面各予以一擊，引起腦挫傷而導致死亡。被害者身穿休閒式的彩色襯衫搭配雙件式輕便西裝，襯衫胸口有疑似被粗暴抓住過的縐痕，再加上雖然俯臥地面，長褲臀部卻沾有泥土，推測被毆擊之前曾有過一番打鬥。」

「行兇現場也是這裡嗎？」

「可能吧！屍體幾乎沒有被挪動過的痕跡，就算被挪動過，頂多也只是在這庭院裡吧！」

火村的視線逡巡在附近的地面和樹幹上，並未發現特別值得注意之物。

「宅邸寬闊，裡面有很多房間，不過爲避免傳入關係者耳裡，我們就坐在這裡說明好了。」警視指著紅色的海灘椅。

椅上也掉著巴掌大的榆樹枯葉，兩人拂掉枯葉後坐下。

「我從頭開始說明吧！這棟別墅的持有人是建材商董事長甘木一郎，被害者爲其秘書粟野柾民。命案推定發生在昨天星期五晚上十一點至星期六凌晨二點之間。這天晚上，別墅主人甘木一郎有事不在，別墅中只有其妻茉莉和甘木的姊姊彌生兩人。他們本來預定星期五晚上一齊前來度假，星期天離開，可是很不巧，甘木董事長星期五晚上挪不出時間，所以只有他獨自在星期六上午才開車前來。發現屍體的人是早上想出門散步的彌生。甘木董事長抵達時，轄區的警車也已趕到，因此他表示『非常震驚』。」

「妻子和姊姊一齊前來是可以理解，不過連秘書也經常找來？」望著窗外似是刑事的人影來回走動，火村打岔。

「粟野柾民雖然年輕，不過非常優秀，甘木對他相當器重，常找他來家裡吃飯，或陪自己打高爾夫球。只是，粟野本人卻表示這樣令他相當困擾。因爲受到獨裁董事長的厚愛，好像就連夫人購物、別墅保全等雜事都必須負責。

「不過，我得先告訴你一件事，免得你到時候覺得驚訝。甘木一郎今年五十歲，茉莉夫人今年二十八歲，兩人年齡差距有如父女。聽說茉莉夫人是在高爾夫球場的俱樂部工作時被甘木看上，第一次結婚，是値得男人耐心追求的女人，既漂亮又聰明賢慧。」

甘木彌生，丈夫去世後恢復本姓的姊姊，今年五十一歲。所以如果沒有事先瞭解就和他們見面，可能會錯以爲是夫妻與女兒吧！當然，彌生和弟弟夫婦分開居住，每年好像只有在別墅一同度假兩、三次。

「命案當晚，除了被害者，這裡只有兩位女性，她們有嫌疑嗎？」

警視雙掌朝向火村，彷彿是要他別急：「包括甘木董事長在內，四人會擬定週末來這裡度假，主要是因爲從以前就熟識的鄰居舉辦生日宴會。就是那一家！」警視指著巴士站正對面的別墅。從榆樹的方向看過去可見到覆蓋著石板的屋頂。「星期五過四十八歲生日的鄰居叫小林蕗子，也是公司董事長。她經營與製衣有關的公司，和甘木並無業務上往來，只是因爲別墅相鄰而開始認識。兩人的別墅都是七年前同時期興建，應該也是從當時交往迄今吧？」

「鄰居爲了宴會而邀請很多人來嗎？」

「沒錯。首先是小林蕗子的丈夫，她公司的總經理千鶴男，然後是就讀大學四年級的兒子耕平，耕平的女朋友、幾乎已打算訂婚的桃井遙子。因爲甘木一郎缺席，生日宴就這七人參加。」警視說話的期間，膝蓋上掉落一小片枯葉。他捏起來在指尖把玩，接著說：「雖然不知道與粟野命案是否有直接關連，但是，小林蕗子董事長家的宴會上曾發生一樁小插曲。我想，應該也有必要說明吧？」

雖然需要稍作整理，不過就當作關係者的介紹而重現該樁小事件也好。

3

宴會在融洽的氣氛下進行。剛開始時看起來很拘謹的桃井遙子，大概因爲本來也是喜歡交際的個性，很快就融入所有人之中，高聲談論些兩人約會時的失敗經驗，以及應該是在女子大學課上聽說的媒體論片段，也不擔心可能會在男友父母面前顯得輕佻。反倒是個性內向的耕平時常露出羞澀神情，卻仍以充滿熱情的眼神凝視遙子。在場幾個人都在想，兩人如果訂婚、結婚，應該會成爲類似雙親的夫妻吧？因爲，小林蕗子和千鶴男兩人同樣是夫人活潑好勝，丈夫文靜內向的夫婦。

小林夫婦似乎苦笑地認同了兒子和他的女朋友會成爲與自己相似的一對夫妻，微笑注視著兒子與女友互相勾著手肘談笑風生。

「打算什麼時候訂婚呢？」只喝葡萄酒就露出醉意的彌生，有點毫不顧忌地問。

茉莉認爲：像這種問題，對方一旦決定應該會主動告知，根本沒必要問吧？但是當事人彷彿完全不在意，年輕的戀人們臉上浮現羞赧的笑容，千鶴男也只是微笑地看了妻子一眼。

蕗子臉上綻著喜色，「遙子離大學畢業還有一年多，等畢業之後再說吧！未婚夫、未婚妻聽起來雖然好聽，可是拖久了也不太好，這應該只是在人生的某個特別時期用來互相稱呼對方的名詞。」

「眞是羅曼蒂克的觀點，我有同感。」粟野柾民馬上讚美。

帶著鼻音的黏膩聲音和「羅曼蒂克」這個字眼莫名的契合，可能有人會覺得噁心，但是，黏膩聲音本身並不會令人厭惡，何況再搭配上粟野緊繃的臉孔，二者的組合更具魅力，無疑地是向周遭表示友好。

「對了，茉莉，你們的結婚紀念日也快到了吧？」蕗子改變話題：「是下個月初吧？與其像我這樣哀怨地舉辦微不足道的生日宴會，你們才是眞的必須好好慶祝呢！値得祝福的結婚一周年，是紙婚呢！」她甩動著草綠色的宴會禮服衣袖說。

茉莉似乎有些困擾，輕輕回答：「不，沒這回事。」

「不應該說『不』吧？妳不需要顧慮什麼，說出眞心話才會快樂。」蕗子男性化的大笑出聲，豐滿的胸脯隨肩膀的晃動上下搖晃。

「謝謝妳，夫人。可是，妳的生意正値忙碌的時候，爲了我們的結婚周年紀念特地挪出時間會讓我覺得過意不去。」

有人指出，「我們」這兩個字讓彌生緊皺眉頭。

「哎呀，茉莉，等問過弟弟的意見再拒絕比較好吧？夫人難得提出建議呢！雖然我是不可能經常停課啦。」彌生在文化教室擔任教授製作古典玩偶的講師。她說很難經常停課乃是事實，不過，隨時否定弟妹的話也是她的一貫作風。

茉莉並未反駁，只是回答：「好的，我會問問他的。」這也是她一向的態度。

「大家不想跳支舞嗎？吃飽了會想睡，算是趕走睡意吧！」可能是察覺席間氣氛不對，蕗子於是提議道。

他們夫妻本來就喜歡跳交際舞，因此一有機會就想跳舞。何況這兒還擁有可以讓害怕跳舞的人完全放心、燈光昏暗、播放節奏緩慢曲子的地方——和飯廳相連的起居室有足夠讓七、八個人跳貼頰舞的充分空間。就算舞姿比跳健身操好看不了多少，也不會感到羞恥。

音樂一開始，耕平和遙子、茉莉和粟野互相伸出手。由於若留下彌生單獨一人，提議跳舞就毫無意義可言，所以千鶴男馬上自告奮勇當她舞伴。大概是受蕗子指點過吧？內向的他也展現出精明的一面。蕗子雖然獨自一人，卻心滿意足似地環視成爲舞池的起居室，緩緩啜飲香檳。

小林家的宴會有個大家默認的原則，那就是一到十點馬上結束。這是因爲蕗子討厭興致一來就持續至半夜的宴會。她認爲拖拖拉拉至有人爛醉或疲倦得感到厭煩的宴會最糟糕。讓人盡興的宴會就該有如只吃八分飽的節制才是成功的秘訣。

「那麼，今晚就到此結束吧！託各位之福，讓我過了一個快樂的生日，謝謝。」蕗子宣布，並感謝所有參加者。

就在一切即將結束時，桃井遙子突然很抱歉似地開口：「不好意思……」

「遙子，有什麼事嗎？」蕗子問。

遙子表情轉爲困惑：「我把耳環放在桌邊。因爲剛剛和耕平跳舞的時候掉了，我不想一直低頭下去撿，所以……」

「不見了嗎？」耕平問：「沒有掉在地上？」

「我從剛才就在找，卻找不到。」

「難道是那對耳環？」

「是的。」

據說那是她祖母留下的遺物。大家都以爲那是鑲著閃亮寶石的華麗耳環，但實際上卻是眞正的鑽石。之所以會戴著這樣昂貴的耳環前來，主要是因爲這是未來婆婆的生日，她不想顯得太寒酸。

「把燈光全部打開，大家一起找吧！」千鶴男注意到遙子的臉色相當難看。可能眞的是不能遺失的東西吧？

「放在桌上的東西會消失不見？這就奇怪了，這裡又不是小偷有辦法潛入的公開場所。」粟野搖頭不解地說。

雖然覺得不太可能，大家仍拿起桌上所有餐具，甚至連沙拉的萵苣底下也仔細檢查，卻沒任何發現，如此一來，就再也沒有可以找尋的地方了。

但是，遙子既然沒有講「沒關係」，大家只好趴在地板上不斷尋找。最後，每個人都在想：事情麻煩啦！

「照理應該不會有小偷潛入，不過爲求慎重起見，只好搜身了，反正我不在乎。」彌生以開玩笑的口氣說。

她喝醉了，有點隨口胡言，所以大多數人並不當一回事，只有茉莉不同。

「大姊，妳說這話是什麼意思？說這些人裡面有小偷豈非對大家很失禮？」這是帶有責備語氣的強烈抗議，絲毫不像平常對彌生的諷刺逆來順受的茉莉會說出口的話。

其他人愣住了，望著她們。

但是，最驚訝的人是彌生，她一時目瞪口呆，幾乎說不出話來。

「妳……」終於，她像是想到如何反擊。「激動什麼嘛？我不過是開開玩笑。」

「話雖如此，怎麼會想到搜身這種字眼呢？有些話可以亂說，有些卻是不可以說的。」

「喂，妳冷靜一點。」彌生顯得有點無法應付。

粟野連忙充當和事佬。「好啦，夫人，妳冷靜下來吧！都怪我不好，不該使用小偷這樣的字眼，我道歉。」

「妳未免太敏感了，不過，在結婚之前，我早就知道妳不懷好意。」彌生說出更加露骨的諷刺。有幾個人後來指稱，這句話聽起來強烈暗示著茉莉並不是因爲愛情而和一郎結婚，而是因爲一郎能讓她過著富裕的生活。

茉莉聽了更加受到刺激，但是可能因爲情緒過度激動，反而無法反唇相譏。

事情到了這個地步，造成這場騷亂的遙子也有點狼狽了，她未針對任何人，只是口中反覆說著：「對不起、對不起、對不起……」

千鶴男和耕平不知如何是好，蕗子也開始煩惱不知該如何收拾場面。

「啊，這……」凝重的氣氛中，粟野忽然發出奇妙的聲音。

衆人的視線集中在他身上。

「這是……」他彎腰，從自己的長褲摺縫裡捏起什麼來。是個光彩奪目的小東西。

「就是它！」遙子尖叫出聲，跑向粟野，從他手上接過耳環。

「眞是對不起，我完全沒發現會掉進這裡。如果我能早些發現，就不會帶給桃井小姐和各位困擾了，實在是太丟臉了。」

蕗子鬆口氣似地頹然坐下，爲了恢復開朗的氣氛而說：「太好了！雖然我也想過會是這種結果，不過當作尋寶遊戲做些瘦身運動也不錯。」

但是，彌生和茉莉之間還是瀰漫著冰冷的氣氛，而遙子則以懷恨的視線瞥了粟野一眼。

4

「因爲發生這樣的事情，宴會完全結束時已十點三十分。之後，甘木彌生和茉莉回來這邊，隨即各自進入自己房間。粟野柾民因爲翌日與朋友有約，所以開車離開別墅。桃井遙子當然住在小林家的別墅。所有人皆表示，參加宴會後很累，因此就直接上床，十一點左右都已熟睡。但是，其中一定有人說謊，因爲有人在庭院殺害了粟野柾民。」警視停下來，喘了一口氣。

「粟野應該是單獨開車離去，但翌日卻被發現已成爲屍體，也就是說，他只是假裝離開，事實上卻又回到這裡？還是途中想到什麼事又折返回來？」

「應該就是這麼回事，不過關係者表示完全猜不透。我認爲有必要調查一下被害者爲何會有這種行動的原因。」

「他的行動的確是個謎。既然他是回到這裡，而且又在庭院被人殺害，那麼兇手自然很有可能是兩棟別墅中的其中一人。」

「因爲也很難認爲是從外面侵入。」

火村見到別墅二樓窗口有年輕女性的身影。雖然距離稍遠，仍可以發覺將染成栗色的頭髮盤在頭頂的女性相當貌美，應該就是茉莉夫人。

對方可能沒注意到火村望著她，淡淡地望了庭院一眼，便退回房間內側。

「甘木一郎到達這裡時，警方已經開始調查行動？」

「不錯。彌生發現屍體的時間是在早上八點過後，她馬上報警並打電話給弟弟一郎。甘木一郎當時已在開車前來這裡的途中。他九點抵達時，我們已從縣警局趕到。」

「對於粟野遇害的原因，甘木董事長有什麼樣的看法？」

「他說完全沒有。不過……」

「不過什麼？」

「甘木一郎的態度非常不配合！或許我這樣說很奇怪，但是，明明是他親信的秘書，他卻好像有著別人在他家庭院被殺害而感到困擾的感覺，心情似乎很惡劣。」

「這是怎麼回事呢？」

「或許只是單純的自我中心且缺乏憐憫罷了。重要的反而是剛剛提到的最後部分，桃井遙子瞪了粟野的那一段。這兩個人彼此認識呢！」

警視的話讓火村有點介意：「你剛剛沒這麼說。」

「雖然兩人當時都沒有表現出來，但是桃井在個別訊問時便坦承了。她說大約兩年前，兩人各自到上高地旅遊而邂逅，也交往了一段時日，不過後來她開始厭惡對方，所以半年前就分手了，想不到會在這種地方重逢，當時嚇了一大跳。還好對方也很清楚利害關係而未表示什麼，總算放心了些。但是，接下來發生耳環遺失的騷動，儘管只是笑笑就過的意外，對方卻刻意露出嘲諷的態度，讓她忍不住生氣。」

「她的戀人耕平和小林夫婦應該不知道兩人有這樣一段過去吧！」

「大概吧！她是私下向我自白的。」

二樓好像又有人影晃動，火村凝神細看。這回似乎是男性，可能是甘木一郎吧！火村有點在意。

「那麼，讓我見見所有的關係者吧！」

警視回答了一聲「好」，接著取出用手帕包住的某樣東西說：「在那之前……」

一看，原來是一支鑰匙。

「這是掉落在游泳池畔的東西，現場蒐證時，在距離屍體三公尺處的位置發現。但是，彌生堅稱昨天傍晚打掃池畔時並沒有這種東西。而，傍晚後無人接近泳池，因此斷定應該與命案有關連。」

「是什麼東西的鑰匙呢？」

「好像是茉莉夫人的珠寶盒鑰匙。」

「我看看。」火村戴上絹絲手套，拿起鑰匙。握柄部分雕鏤著苜蓿葉，有一點華麗。不是玄關或房間鑰匙，也非汽車鑰匙，又不像是金庫或衣櫥鑰匙，說是珠寶盒鑰匙應該最符合了。

「茉莉夫人的珠寶盒鑰匙爲何會掉在游泳池畔？」

「這點很難說明。」警視苦著臉：「好像是星期五晚上，夫人的珠寶盒遭竊。」

「除了命案外，又有竊案？」

火村心想：若說兩樁事件毫不相干又未免過於巧合，先調查一下這之間有些什麼關連吧！

「我必須先說明，所謂的珠寶盒，裡面不過放著幾件廉價的胸針和項鍊，總値大約在兩、三萬圓左右。你可能會認爲兩、三萬圓太過廉價，但那些都只是她單身時出國遊玩，在跳蚤市場買的形同玩具的東西。夫人也說只具有紀念的價値。另外，珠寶盒本身也是在巴黎用幾千圓買到的便宜貨。」

「珠寶盒和鑰匙放在什麼地方？」

「珠寶盒具有裝飾的作用，所以和其他一些擺飾品置於玄關旁的櫥櫃內。夫人說，珠寶盒平常沒有上鎖，鑰匙也丟在盒內。正因爲放在那種地方，很難認爲是被外人所竊。」

「最後看到珠寶盒是什麼時候？」

「不清楚。但看過櫥櫃以後我也能理解，因爲裡面擺放著各式各樣的東西。只不過，時間應該是在星期五白天不會錯。因爲彌生和茉莉兩人在清掃櫥櫃的灰塵時，還談到珠寶盒。」

火村對掌中的鑰匙有著奇妙的在意。這實在很難理解，粟野的遇害和珠寶盒的失竊該如何連結在一起呢？假設是同一人所爲，嫌犯很可能是偷了珠寶盒以後再行兇殺人，因爲這樣而在纏鬥間掉落鑰匙，兇手可能沒發現鑰匙掉了，也可能是光線太暗找不到，於是就這樣逃走——但，這樣不太對勁。

會不會拿走珠寶盒的人是被害者粟野呢？然後因爲被某人發現而發生鬥毆，但由於對方力氣比他大，或是他運氣比較差，於是頭部受到重擊致死。——這樣又更奇怪了。爲什麼鑰匙會掉了呢？是珠寶盒打開後，裡面的東西散落一地，而嫌犯卻獨獨未注意到鑰匙？無論如何，鑰匙距離屍體只有三公尺，而且是在傍晚以前無人接近的地點發現，那麼掉落鑰匙的人不是殺人兇手，就是被害者。

「關於收藏廉價飾物的廉價珠寶盒被誰、爲何拿走這點，甘木夫妻怎麼說？」

「只說『完全不知道』。反正，大致上就是這種狀況。那麼，就從甘木夫妻開始吧？」

「麻煩你了。」

火村一時不懂警視伸出手的意思，呆了呆，才說了聲對不起，將鑰匙還給對方。

5

甘木一郎是個壯碩的男人。雖然不算肥胖，但全身肌肉結實，連休閒褲的臀部都繃得緊緊的，八成灰白的頭髮全梳往腦後。不斷神經質地梳著頭髮似乎是他的習慣動作。坐在他身旁的妻子茉莉——果然就是窗邊的栗髮女性——看起來確實像他女兒。

兩人一被傳喚入客廳坐下後，馬上異口同聲地問說到底什麼時候才能回自己家。

經驗老道的衣笠警視當然不予理會，只是簡單介紹同席的火村後，立刻把話題轉到案件之上。

「我沒什麼可以說的。我星期五晚上和客戶在日本料理店會談後，十點就回家就寢。因爲對方不太會喝酒，所以提早結束。有刑事說，這樣的話，和客戶分手後，開車過來正好可以趕上行兇時間。說這種話實在太沒禮貌了。」

一郎就像這樣持續採取不配合的態度。至於茉莉，雖然沒有丈夫那樣明顯，卻也擺明不喜歡警方在自己身邊走動。感覺上，兩人對於秘書的死亡都非常冷漠。

「無論如何，」一郎以強硬的口氣說：「我星期五晚上不在這裡，就算再怎麼追問當晚的事，我也沒什麼好說的。雖然聽說蕗子夫人的生日宴會發生一點意外，但是我人明明不在場，竟然還有刑事來問我這件事，眞是愚蠢。」

「提到意外，」火村面對茉莉夫人：「聽說妳和彌生小姐發生口角，是彼此有什麼誤會嗎？」

茉莉沉吟片刻後回答：「我不該對姊姊的玩笑話太過認眞，讓大家因此感到不愉快，我已經在深深反省了。她說我敏感也是事實，因爲，學生時代班上曾發生同學的東西在教室內被偷的騷動，讓我感到非常厭惡，所以一時想起……」

「哦，妳有這種痛苦的記憶嗎？」警視說。

看來，他是現在才知道。可以認爲，茉莉終於想到足以解釋自己劇烈反應的最理所當然的理由。

「妳是什麼時候注意到珠寶盒不見了？」火村問。

可能因爲不知道詢問者的眞正身分，茉莉抱持著戒心：「因爲警方問我『妳看過這支鑰匙嗎』。當時我一下子沒有想到，既非房間鑰匙，也不是衣櫥鑰匙，不斷思索的結果，總算想到也許是在跳蚤市場購買的某個盒子之一的鑰匙，檢查過後才發現果然有一個珠寶盒不見。」

「盒蓋開著嗎？」

「應該是，我並未鎖上。」

「聽說並無値錢之物，不過是否有什麼會讓人想得到的特殊之物呢？」

「都是一些旅遊的紀念品，除了她以外，對任何人來說都是無聊的東西。」一郎代替妻子回答。

※

「我一向習慣服用安眠藥，昨夜也一樣，服藥後，十一點就睡熟了，雖然想說出來提供參考的事情很多，但對當時的情形卻一無所知。」

彌生身穿褐色系的樸素服裝，不管表情、聲音或態度都顯得頗尖銳，講話時經常用挑釁的眼神望著對方，可能會有許多人因而產生反感吧！

「雖然你們問了關於珠寶盒失蹤的各種問題，我還是想不起什麼。的確，那是不値錢的東西，我不認爲會有人故意竊取。」

「先不管金錢上的價値，難道不會有人想要嗎？」警視靜靜地問。

「你這個問題很奇怪耶！知道那個盒子存在的人極少，難道你認爲我或是小林夫人家的人有竊盜惡習？」

「不，我沒有這麼說。」

「如果我們之中眞的有小偷，由於發生殺人命案，所有人都不能離開，失竊的珠寶盒應該還在小偷身邊，你們何不仔細搜查呢？」

警視有點生氣，畢竟這種事大可不必由她提醒。「目前正在調查這邊和小林家的宅邸內部。如果要進一步搜索，需要申請搜索令。」

對方緊皺著眉頭，似乎在說：那就申請呀！

「我想請教關於粟野先生的事情，他是個有可能會被殺害的人嗎？」

「依我的印象而言，是的。或許在執行業務上曾與人產生摩擦，也或許在女性關係方面出了什麼麻煩，一切都很難說。」

「關於女性關係方面，妳知道些什麼嗎？」

「詳細情形我不清楚，但……聽說昨夜見到昔日交往的女性，應該是相當花心的人吧？」

「桃井小姐的事，妳是聽誰說的？」

警視的驚訝好像令彌生覺得愉快，臉上浮現微笑：「是桃井小姐向耕平坦白的。可能放在心裡很難過吧？剛才已經傳入他父母耳中，引起一點小騷動呢！」

警視略微蹙眉，似乎認爲：事情一定很糟糕。

「我從以前就覺得粟野對女性應該很有吸引力，善妒的弟弟居然還放心讓他陪茉莉去購物，我覺得很不可思議。」

「他眞的那麼信任粟野？」火村問。

「應該是吧！可能吧！」彌生好像不喜歡思考。

「或許他是信任妻子。」

「該怎麼說呢？」她嘲諷似地漫哼：「我一直很擔心他娶了像女兒般的年輕老婆會疑神疑鬼，畢竟茉莉是一般男人都喜歡的類型。不過目前看來，兩人感情不錯，應該是建立起信任關係了吧！」

也許是心理作用吧，感覺上她內心對此非常不滿。

※

桃井遙子希望單獨接受訊問。因爲她不能忍受當著小林家人面前被深入追問與粟野的關係。警視同意了，傳喚她至甘木宅邸的客廳接受訊問。

「我告訴耕平，他居然說要和父母親討論該怎麼辦。眞是可笑，他心裡到底在想些什麼？結果，三人舉行家庭會議的結論好像是，旅遊時會接受搭訕的女人絕對有問題。雖然不知道他們下了什麼樣的決定，但我已經厭煩了，像這樣一旦結婚後，不知道還會受到什麼樣的折磨！」

遙子的語氣雖然倔強，看起來卻相當落寞。可能只是死鴨子嘴硬而已吧！

「你們應該沒有深入交往吧？」警視問。

「深淺的區別是看個人的認定，不是嗎？但是，我們在半年前就已經澈底分手，絕非是多深入的交往。當時我是覺得此人的誠懇只是種表面工夫，所以決定分手，想不到會以這種方式得到報應。」

「關於耳環遺失之事，妳到現在仍認為是粟野惡作劇？」

「不知道。」她有氣無力地搖搖頭。「我本來認為是他見到我找到金龜婿而刻意捉弄，不過或許只是我自己瞎猜。我實在太幼稚了些。」

火村得到警視允許後問道，「聽完騷動的經過之後，最令我印象深刻的是茉莉夫人稍嫌過度的反應。她之所以如此激動，是不是有其他的原因呢？」

大概因為話題轉移至別人身上，遙子輕鬆似地吁出一口氣：「當時我很驚訝，因為，只不過是一句『搜身』的玩笑話，她竟用雙手猛按住自己胸口，彷彿表示連一根手指頭都不要碰我，感覺上簡直比『小偷』更令她惶恐……」

「粟野在宴會結束後，離開這裡又折回來，對此，妳有什麼樣的看法？譬如，他是想要偷偷回來和妳見面，或……」

本來以為她會生氣，不過，她卻只是緩緩搖頭。

「他應該不是那種愚蠢的男人吧！如果他找上我，我可能會拿花瓶砸他也不一定，但……不會想要他的命。」

※

訊問轉移到鄰家，聽取小林菈子、千鶴男和耕平的說明。但是，對他們來說，有關遙子品行的質疑似乎遠超過粟野遇害重要。

火村心想：這應該都是遙子自己造成的。

「遙子從未表現出和粟野先生認識的態度，現在突然向犬子說出實話，實在讓我大吃一驚，也非常佩服粟野先生和遙子的高超演技。」菈子似乎不太高興。

丈夫千鶴男馬上緊跟著點頭附和。兒子則保持沉默。

「自從她說耳環不見之後，連續發生很奇怪的事呢！即使是那時，我也沒有慌亂，認爲只要仔細找就能找到。」

看樣子，婚約應該如幻影般消失了。

「不過，事情也眞是奇怪。」千鶴男打岔：「鑲著鑽石的耳環可以很快的找到，茉莉夫人不值錢的珠寶盒竟然一直沒有出現。」

「你們知道失蹤的珠寶盒嗎？」

「是的，我曾經見過。櫥櫃上擺飾著好幾個類似的盒子。啊，會不會是其他盒子裡有值錢物品，兇手卻拿錯了？」雖然蕗子如此推理，可是，彌生已經說過，每個盒子裡的東西對茉莉以外的人來說根本形同廢物。

「由於是在甘木先生家發生的事件，我想，我們也無法提供有助調查的內情。」

誠如千鶴男所言，在無法從小林一家人口中詢問出新的事實之後，警視和火村回到甘木別墅。此時，警方為了能在游泳池底部發現些什麼被沉入的物證，正在漏掉混濁的游泳池水。漂著枯葉的池水水面降到約只剩兩成之後，泳池底部已能看得一清二楚。

「那裡有東西呢！」火村最先發現，指著說。

池畔的刑事們發出輕微的喧嚷。

出現的是足可稱為破銅爛鐵的木製老舊小盒子。

6

「調查工作從這裡開始更加混亂有趣，不過我知道你很忙，所以就以問答方式結束吧！」火村從茶壺裡再度倒出紅茶說。

的確，我是差不多該回去工作了，但是，要這樣一問一答，未免吊人胃口：「盒裡東西嗎？」

「不，沒有，只有放入當作錘墜的石頭。但是，重點不在這裡，而是打撈起來的盒子和掉落命案現場附近的鑰匙並不符合。」

「什麼？可是，甘木茉莉不是說那是該珠寶盒的鑰匙？」

「後來向她追問時，她表示搞錯了。」

我沮喪了：「如果她搞錯，一切豈不是白費工夫？這麼說來，那究竟是什麼鑰匙？」

「你猜猜看。」他把問題關鍵的鑰匙丟在桌上：「和兩棟別墅所有內外門戶完全無關。調查之後也證實並非被害者的東西。不是用來開門鎖，不是珠寶盒之類的鑰匙，也不是衣櫥等家具的鑰匙，更不是金庫鑰匙，那麼，會是什麼呢？當我明白那是什麼鑰匙時，已經大略窺知事件的全貌。」

「真的？」我伸手拿起鑰匙，從各種角度仔細觀察。根據鑰匙柄有幾道刮痕，應該不是不實用的裝飾品，絕對具備了鑰匙的用途。

「時鐘嗎？」我在腦海中描繪出有如老爺爺年紀般大的老舊時鐘。

開始抽著駱駝牌香菸的助理教授搖頭：「錯了。」

「兩棟別墅之一有暗門？」

火村眉頭微微一挑：「錯了。不過，從某種意義上說來應該算是猜對了。」

莫名其妙的暗示更讓我思緒大亂，我改變追問方式：「雖然不知道是鳥籠或兔籠，但，是某種籠子的鑰匙？」

這回，火村吹口哨鼓勵：「方向正確，你應該已經猜到了吧？」

「沒有。」我沉吟片刻：「會是某種機關的鑰匙嗎？」

「不對。」

「啊，一定是鋼琴囉！大小和形狀都差不多。要不然就是樂器盒？」

但是，答案仍舊是「不」。

「離正確答案愈來愈遠了。」

我不耐煩的要求火村給暗示。

「暗示是，兇手是甘木一郎。」

我差點噴出剛喝進嘴裡的紅茶：「這是答案，不是暗示吧？」

「這應該也是一種提示，動機是忌妒。與彌生的觀察正好相反，甘木一郎自以前就懷疑妻子和秘書之間有問題，最後在疑心與日俱增的情況下終於無法忍耐，那個週末，他假裝與客戶有約，會晚一天才到別墅，其實是偷偷前來別墅察看究竟。雖然彌生也在別墅，可是她經常服用安眠藥，整夜都睡得很熟，剛好給了茉莉和粟野通姦的機會。

「他來到別墅監視時，果不期然，假裝離開的粟野估好時間又悄悄回來。他盛怒之下在庭院裡撲向對方，粟野倉惶抵抗，壯碩的一郎長時間攻擊無效，終於拾起掉落的樹枝擊向對方。他雖然沒有殺意，卻可能擊中要害使得粟野當場死亡。他因此害怕得逃離現場。」

「把珠寶盒沉入游泳池底的原因呢？」

「那是茉莉夫人所爲。因爲刑事一再追問這到底是什麼鑰匙，她害怕事情曝光，所以找了一個藉口。她認爲只要說是珠寶盒的鑰匙，再藏起珠寶盒，誰都不能說那是謊言。她好像把裡面的飾品分開放入其他珠寶盒。」

我低頭望著鑰匙，卻只能搖頭不解。

「這麼說，鑰匙和殺人事件無關？」

「不，關係很大，同時也和桃井遙子掉了耳環時，她對『搜身』建議的強烈抗拒反應有關連。還有，你應該想想甘木一郎讓粟野幫忙做許多雜事的理由。」

我腦海中的問號持續增加。

「截稿時間快到了，現在正是重要關鍵，今天你就放我一馬吧！」我咬牙切齒地說。

「你不知道已經在正確答案四周繞了多少圈。就是這樣東西讓甘木一郎信任粟野，卻也使粟野背棄其信任。這是開啓甘木家某扇暗門、某個小籠子的鑰匙，也是象徵善妒丈夫之悲哀的鑰匙。從某種意義來說，或許也算是珠寶盒的鑰匙。你已經明白了吧？」

當然明白！

昔日參加十字軍東征的男人們都是靠著讓妻子戴上這個東西來獲得內心的平靜。但是，他們的目的總是被身爲製造者的鎖匠們背叛而澈底失敗。

鎖匠們眞是幸福呀！

「chastity belt.」我之所以用正好懂的英文回答，主要是爲了無聊的虛榮和不甘。

「沒錯，正是貞操帶。」

鑰匙又反射美術燈的亮光，湛出艷麗的輝彩。

食人瀑布

溯往

見到滿臉恐懼跑向這邊的岸岡聰子，山根文和皺起眉頭。

「導演，糟糕了，請你趕快過來。」氣急敗壞地跑到山根面前後，她氣喘吁吁的說。

「怎麼啦？到底是怎麼了？」山根伸手擱在聰子不停上下起伏的左肩上問。

「加、加西小姐好像掉進河裡了。」

「什麼？」

不只山根，在場所有的工作人員和演員一齊驚呼出聲。

「好像掉進河裡？妳看到了嗎？」島本祐太蓄滿鬍子的臉孔向前探出，瞪睨似地望著聰子。

聰子哭喪著臉搖頭：「沒有。可是，加西小姐的鞋印延續到河邊卻消失了，一定是跌下去了！」

「在哪裡？趕快帶路。」山根搖著擱在聰子肩上的手。

渡過通往對岸的橋，朝河川上游走了幾分鐘後，聰子指著說：「就是這裡。」

一組鞋印穿越約莫半小時前的西北雨所形成的泥濘，直線延伸至河邊。從鞋跟的形狀可確定是加西好美所留。

聰子接著表示，斜斜接近該組鞋印然後折回的另外一組鞋印乃是自己留下的。

山根走在最前頭，七人循著加西好美的鞋印前進，單腳踏上崖邊最前端，俯望下方。垂直聳峙的斷崖底下，流水以撼人心神的速度由左向右流動，急流洶湧的聲音彷彿這個世界充滿不祥似的在他們耳中迴盪。

「好美掉下去了，一定從這裡掉下去了。」眼睛盯著流水，遠藤春奈尖叫。

站在她背後的橫見則之說：「不，還不確定，不見得是從這兒掉下去吧！也許是沿著崖邊的岩石走向上游……」

「爲什麼要沿著崖邊的岩石走呢？而且，就算要走向上游也沒有路，不是嗎？」出原晴雄怯怯地說。他的臉色蒼白，視線循著流水望向下游。

幾個人的視線也隨他望著同一方向。

可以聽到距離這裡大約五百公尺的下游的瀑布聲隨風傳來。

「打１１９報案吧！」山根移回踩在岩石上的腳，苦澀地說。

「該不會是自殺吧？」凝視著直直通往崖邊便告中斷的鞋印，嶺野京助喃喃說道。

「但是，加西小姐爲何要自殺呢？」山根擦拭額頭的汗珠自問。

回到橋畔，瘦小的老婆婆臉色慘白的站立著：「你們去哪裡？」

「片瀨婆婆，雖然不知道妳有什麼事，但是，能請妳稍等一下嗎？另外，我們想借用一下妳家的電話，加西小姐好像出了意外。」

老婆婆並未回答山根，反而用力抓住他的雙肩，眼中浮現恐懼之色。

山根不自覺倒吸一口冷氣。

「我看到了，看到加西小姐被流水沖走！」

※

「我嗎？我姓松井，來自千葉的旅客……是的，就在剛剛見到有女人從瀑布頂端被流水沖下來，內人和三位同行的人都看到了。是的，非常確定，因為實在太震驚了，現在心臟還是跳得很快……是的，掉在瀑潭裡沒有浮上來。請趕快過來！喂、喂，是的，正是『食人瀑布』。」

1

「這就是食人瀑布？」火村抬頭望著隨轟隆聲響從五十公尺高的高度落下的水花，喃喃自語。冰冷的飛沫濺濕他的黑色皮外套。

「是的。因為這裡每年都會發生幾樁自殺案件，所以當地人們便這麼稱呼。」以不輸給瀑布水聲的聲量回答的是岩手縣警局刑事課副課長，名倉警部。是鼻下蓄著濃密鬍髭的四十歲出頭刑事。

「聽說是瀑布在呼喚。」他用帶著腔調的標準語，補上奇怪的一句。

「瀑布呼喚？」我問。

「是的，曾有村人攔腰抱住踉蹌走過、想要自殺的年輕少女，她說『看到瀑布時，聽到水中有聲音呼喚我』。就是因爲這樣，才會有人謠傳那處瀑布會呼喚苦惱和迷惘的人跳下並吃掉他們。」

不斷煽起人們不安的轟隆聲響聽來更加陰森恐怖了，凝視著激起白濁漩渦的瀑潭，竟不禁感到呼吸困難。

「呼喚人們前來自殺的魔性瀑布嗎？」火村交抱雙臂，抬頭盯著瀑布。「而且，掉入瀑潭的屍體不會浮上來？」

警部頷首：「是的。所以被稱爲食人瀑布。如果想瞭解它的樣子，還是到上面去看看吧！」

火村猛然轉身，望著這邊：「麻煩你。」

這裡是岩手縣北上高地深處、冬季時連固定路線的巴士也無法通行的縣境邊緣。發源於早池峰山的千人瀑布——別名食人瀑布——不但水量豐富，而且落差又大，見過的人都能感受到其震撼，雖是一大奇景，但因爲交通不便，一整年中會來訪的觀光客不多。我們此刻會站在這裡並非是爲了觀光而來。

「先帶你們到發現屍體的岩石堆，教授，請上車。」

被名倉警部稱爲教授的是我的朋友火村英生，三十二歲，未婚。京都私立英都大學社會學院的年輕助理教授，專精犯罪社會學，我稱他爲「臨床犯罪學家」。他與一般關在研究室裡涉獵海內外文獻撰寫論文，閒暇時則教導學生的那一類學者不同，不但在法學、法醫學、心理學皆有很深的造詣，在實際的犯罪調查方面也充分發揮其才華，經常非正式地加入警方調查、置身犯罪漩渦追查犯罪者，他聲稱這是自己的「野外調查」。

順便介紹我自己。我是有栖川有栖，三十二歲，未婚，剛開始寫些賣不出去的本格小說之類的新進作家，和火村從大學時代就是交情很好的同學。我之所以陪有事造訪陸奥大學的他前來岩手縣，主要是爲了蒐集自己下一部作品的資料。

火村的事已在昨天解決，所以今天我們本來打算去岩泉的龍泉洞，不過早餐前在飯店接到一通電話後，整個行程完全改變。電話是火村前天曾去打過招呼的縣警局名倉警部打來的，電話中表示「昨天發生一樁有點怪異的事件，方便的話，能請你過來一下嗎？」。以前曾發生一樁京都的旅客在遠野被人殺害的事件，那時，「臨床犯罪學家」火村對事件的解決曾提供些貢獻，所以這回名倉警部才會找上他。

火村當場回答「沒問題」，我問他「可以一起去嗎」，他默默抓起外套丟給我。我穿上了外套，很自然地就跟著來到了這裡。

離開瀑布，回到警車上後，警部握住方向盤，背向瀑布而行，進入大雪覆蓋的山路，爬上蜿蜒曲折的陡坡，前行了一段時間後，車子停了下來。

我們默默下車。瀑布的聲音變得相當小，但因爲逆風而行，聲音仍充分傳入我耳中。我們穿過樹林，來到了河岸邊。

「看到對岸斷崖下的岩石堆了嗎？」

朝著警部指的方向望過去，在約莫十公尺高的斷崖下方，有一塊大約可以縱列停放幾輛汽車的岩石。可能因爲受到碎浪水花的沖襲，上面並未有太多積雪。

「片瀨五郎就是跌落該處斃命。因爲無路可以下去，要把屍體吊上來頗費了一番功夫。」

我試著想像當時情景：在一旁是彷彿可以撕裂身體的急流，並可以聽到遠處傳來食人瀑布轟隆聲響的岩石上，躺著一具男人的屍體。這景象實在是太不堪了。

「片瀨五郎是獨居在對岸陋屋的七十一歲老人，妻子在四個月前去世，獨子早就前往東京，幾乎完全不理會父親的死活。」名倉警部以乾澀的聲音說。

「那麼，吊上來的屍體解剖結果如何？應該有進行解剖吧？」火村搔抓著少年白的頭髮問。

「經過推定的死亡時間範圍相當廣，是在昨天凌晨二點至六點之間。右側頭部挫傷，全身都是摔跌造成的傷口。此外並無其他外傷，體內檢測也沒有疑點。照理應是跌落致死，但是仍有許多令人難以釋懷之處。」

當然，正因爲這樣，才會特意連絡火村。

「昨天一整天從自殺和意外兩方面深入調查的結果，似乎不可能是自殺。我們查出片瀨五郎一星期前寫信給住在仙台一家老人安養院的老朋友，內容是『我最近打算住進去那邊，想知道裡面的情況如何』，那是收費相當昂貴的民間機構，不過他寫著『錢的方面已經有了著落，應該沒問題』。所以很難認爲是孤獨老人的自殺。」

「那麼，會是意外嗎？」

「若非自殺，認爲是意外應該最爲合理。可是很奇怪！片瀨五郎沒事爲什麼要在斷崖邊走動呢？而且是在半夜？其行動的理由目前還沒查出來。」

「不會是爲了某種原因走到崖邊卻失足跌落嗎？」

我默默聽著兩人的對話。

「不但沒有失足跌落的痕跡，而且，從家中後門走出後，他的腳印是直接朝河邊前進，彷彿確信斷崖前面就是地面似的繼續前行，然後……摔下斷崖。」

「聽你這樣說，好像是自殺。」

「是的。不過因爲有前述的事實，總覺得不太自然。」

「是否有酒醉後步履不穩而摔落的可能？」

「沒有酒醉踉蹌的痕跡。坦白說，腳印是非常筆直地前行，更重要的是，解剖結果並沒有發現他在死亡前有飲酒過量的跡象。」

「那，有沒有可能是所謂的老年痴呆？」

「鄰居們都說，他不但沒有痴呆，還能很平穩地開車出門。」

「這樣的話……」火村望著我：「會是怎麼回事呢？」

「該不會是食人瀑布呼喚著『來吧、來吧』。」我說。

「不知道。」他回答後，重新面向警部：「發現屍體的是什麼樣的人？瀑布下方有疏落的幾戶住家，也有一家小旅館，但是來到這裡後並未見到有住家。」

「是幾乎沒有，卻不是完全沒有。對岸樹林後面除了片瀨家以外，往上游三百公尺處還有兩戶人家，至於這邊則只有一戶人家，就在前面樹蔭後，屍體的發現者也是這間屋子裡的人。」

「是早上出門散步時發現的？」

「不是。」警部輕輕打了個哆嗦，「還是到車上說明吧。」

我們上車後，警部靠著椅背開口。

「這邊這間房子其實已是間廢屋。之所以會有人，主要是因爲裡面住著正在拍攝電影外景的一群人，是東京一家名叫卡桑德拉製片的小公司外景隊。」

「哦，電影？是來拍攝食人瀑布的嗎？」火村摩擦著快要凍僵的雙手。

「不是來這裡拍攝那個瀑布。他們是大約七個人的小外景隊，去年夏天也來過，聽說必須在同一地點拍攝夏天和冬天的不同場景。電影的製作眞是耗時又耗力啊！」

「發現者是其中之一？」

「是副導演出原晴雄。雖說是發現者，卻也不是從對岸見到倒臥岩上的片瀨。他是一大早有事去片瀨家，叫了很多聲也無人應答，心裡覺得奇怪便繞到屋後，發現地上有腳印，於是就循著腳印走到斷崖。他心想，該不會……，便探頭往下望，見到片瀨倒臥在岩石上，也不知道是意外或自殺，驚慌地跑回同伴那裡，然後報警。」

我大致上能瞭解事件的梗概了。

「名倉先生想的應該不是這個事件是自殺或意外，而是在於，究竟是由什麼樣的事故造成的這點吧？」火村問。

警部一時無法回答：「也不是……只是覺得他殺的可能性很大，所以才打電話給你，希望請教你的意見。」

2

在火村的要求下，我們先前往對岸的片瀨五郎家，以及他跌落的現場。

開車經過似是電影外景隊暫住的寬廣住家前不遠處的水泥橋，道路兩側全是柞樹和山毛櫸交錯的雜樹林，距離河川大約二十公尺，與河川平行。

片瀨家確實如警部所形容，是相當簡陋的小屋。從種植梅樹和楓樹的前院至玄關爲止的小徑，沒有掃過積雪的痕跡，屋頂也覆著沉重的積雪，可以窺知死者過著相當簡樸的生活。

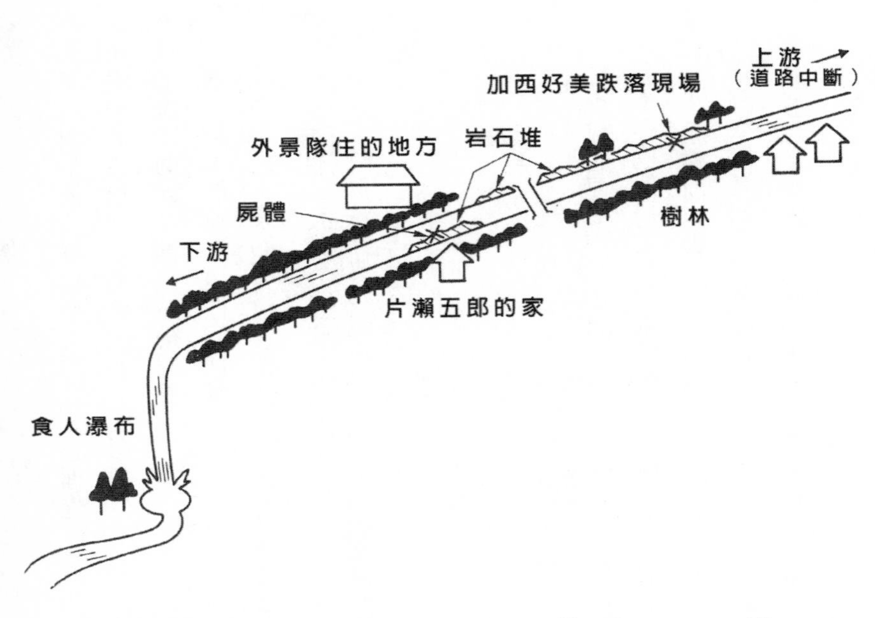

「先去看跌落的現場吧？就在房子的後面不遠。」

火村和我點頭。

「我說過從後門至斷崖前有留下腳印，因為昨天凌晨四點多雪停了，所以腳印仍保持原狀。請小心不要踩到！」

「你可要小心哩，作家先生。」

火村的話聽起來有點諷刺，我冷冷地回他：

「我知道，教授先生。」

房屋四周留下許多疑似辦案人員的腳印，但他們好像也都刻意避開不去踩到一組腳印。我以為那就是片瀨的腳印，事實上卻不是。

「那是發現者出原——錄音師兼副導演——的腳印。他敲了玄關門，無人應答，覺得疑惑而繞到後門，卻……」

從後門開始有另外一組腳印。

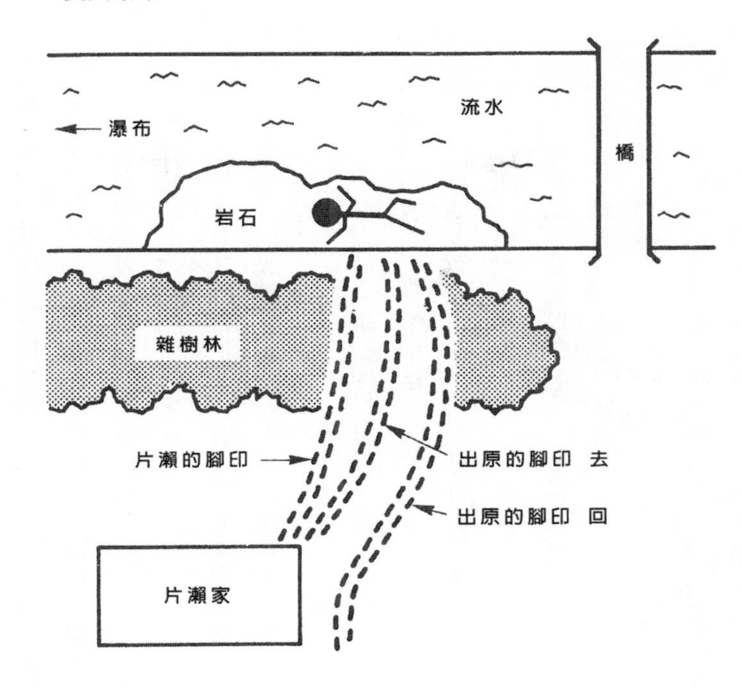

「這邊是片瀨老人的腳印。出原見到腳印，以為老人就在附近，便循著腳印前進。從這裡開始有兩組腳印平行延續至斷崖邊。我們過去看看吧！」

在一條不像路的小徑上，腳印穿過雜樹林邊緣筆直延伸。左邊是片瀨的腳印，稍遠處的右邊是出原副導演的腳印，最右邊是刑事們數度往返的腳印。紊亂的腳印與出原的腳印之間還留下另外一組腳印，這組腳印好像是某人從樹林深處走出，往這裡過來的痕跡。

「左邊第三組腳印是出原在崖邊發現異常時跑回來所留下的，腳尖朝向這邊，對吧？」我還沒有問，名倉警部立刻說明。

仔細觀看，確實如他所說，和前往斷崖邊的出原腳印完全相同。

我們看著左邊保留的三組腳印——片瀨走向

斷崖的單程腳印與出原來回的腳印——前進。出原來回的腳印雖然處處交錯，不過片瀨和他的腳印卻毫無重疊。爲了有助讀者瞭解，特別插入附圖（見上頁）。

在幾乎深及小腿的三組腳印再延伸二十步的地方，樹林中止，來到斷崖邊緣。眼前是廣闊的灰色天空和北上山脈的山巒。

的確，片瀨五郎的腳印完全沒有躊躇地直行，然後消失於虛空之中。與其說他是從斷崖跳下，不如說是飛向天際。另一方面，出原晴雄的腳印卻停滯不前，可以清楚見到他雙手雙膝所留下的痕跡。

「出原在此發現腳印的異常，大驚失色，以爲片瀨才剛剛跌下去不久，於是趴下來窺看。他說太過靠近會害怕積雪崩落，只好四肢併用，趴著往下看。」

就算他沒有懼高症，也不免會害怕斷崖。可能因爲他很清楚，一旦踩空摔落，馬上就會被食人瀑布吞噬，再也回不來。

我模仿出原當時的動作，雙膝跪在冰冷的雪地上往下望。接近垂直的斷崖正下方就是剛才見到的岩石。疏落的積雪上仍留著似是片瀨墜落的痕跡，其四周的雪地又髒又亂，全是下去吊起屍體之人所留下的腳印。

「如果這是漫畫，應該會留下清楚的人體形狀。」火村右肘擱在往前踏出的右膝上。

「是片瀨五郎右肩和右側頭部著地的形狀。」警部語氣嚴肅。

他似乎想說：因此無法留下清楚的人體形狀。

「出原就是像我朋友剛才這樣，看著下面而發現屍體吧？然後呢？」

「他心想，事情糟啦！慌忙跑回去告訴同伴。這就是當時的腳印。」警部指著腳跟朝向河邊的腳印。

火村站直身體，像平常在思考事情一般，用食指摸著嘴唇，望著在崖邊中斷的腳印。不久，開口說：「先別管出原副導演的腳印，這邊留下的確實是片瀨五郎的腳印嗎？」

「已經確認過了。」警部沉穩地回答。「屍體吊上來時，身上所穿的長統膠鞋和這組腳印完全一致。爲求愼重起見，也求證過是否爲出原晴雄的鞋印，但卻不是。」

警部表示，警方已如同推理小說的敘述般，檢討過這些腳印的形狀、方向、步幅、深度等方面是否有不自然之處。發現全都沒有倒退著走的跡象，也不是出原一面走向河邊一面手拿長統鞋僞造片瀨的腳印。

火村摸著嘴唇問：「我明白了！但是，這樣的話，警方爲什麼懷疑是他殺呢？依觀察所得，片瀨五郎完全沒有被人強迫推落斷崖的痕跡，不是嗎？」

的確沒錯。如前所述，腳印的主人看起來恰似飛向了空中一般，現場也毫不凌亂。

「屍體穿著羽絨背心，其內襯留有瀕死的片瀨五郎寫著什麼的痕跡，就在這個位置。」警部掀起自己外套衣領，指著縫上姓名的位置。

「用什麼寫的呢？」火村問。

「自己的血。片瀨可能跌落後經過一段時間才死亡，而且，他在死前似乎想留下某種訊息。如果只是出了意外，我認爲應該不會這麼做。」

太令人驚訝了！警部似乎想說，片瀨留下的乃是死亡訊息。

但是，因爲瀕死的人寫了什麼東西就因此認爲那是暗示殺害自己之人的姓名，這樣的想法未免太過異想天開了吧？雖然我平常寫的小說情節也差不多如此……

問題是，若非有如推理小說的死亡訊息，那又是什麼？

「血字寫些什麼？難道是『殺我的兇手……』？」

臨床犯罪學家的話讓警部有點無力：「不是。是用如蚯蚓爬行的文字所寫，幾乎無法判讀，勉強可以分辨的只有一個很像是『山』的漢字，而且形狀相當扭曲。」

「『山』……有姓山田或山下的可疑人物嗎？」

警部並未回答這個問題。「這裡沒問題了嗎？那麼我帶你們到老人的家中看看。」

火村只是大略看一下有兩個六蓆榻榻米房間的簡陋住家。

3

過了橋，回到對岸。

外景隊使用的廢屋是類似南方曲屋結構（註：日本早期的房屋結構，成L型，往外延伸的小屋或做入口處，或做飼養家畜之處）的老舊農家，建築迄今應該已經超過一百年以上了吧？覆蓋著積雪的屋頂好像是用稻草葺成。雖然不知道拍攝的是什麼樣的影片，卻是相當有趣的景物。

廣闊的前院除了停放幾輛警車外，還有兩輛似是攝影隊開來的小貨車和轎車。

「外景隊不可能住在這裡吧？」

看起來並無任何暖氣設備，火村會有此疑問也是理所當然。

但是，警部搖頭，「不，就是住宿在此。因爲要晝夜不停拍攝，沒有多餘時間住在下面的旅館。他們自己帶來了五個煤油暖爐。」

「他們從什麼時候開始拍攝？要拍到何時？」

「前天下午抵達，預定今天上午以前結束拍攝後離開。」

「現在已經十一點了，是否照預定的結束拍攝？」

「不，昨天早上發現屍體，當然必須接受我們的偵訊，所以延遲了相當多的進度，大概需要今天一整天才可能完成。片瀨的死亡有頗多的疑點，還好他們必須延長停留時間，對我們才比較方便。」

警部帶頭，我們緊跟在後進入。燻黑的粗大柱子、天花板上有如圓木的橫樑，以及像幼兒臉頰般散發光澤的床鋪發出恍如夜鶯可愛叫聲的軋軋聲響。我站在土間（註：日本舊時房屋入口沒有鋪上地板泥土地，踏上地板前要先在這裡將鞋子脫下）環視四周，心想：眞是壯觀呢！

或許是屋主離開沒多久的緣故吧？裡面整理得很乾淨，看起來根本不像廢屋。

「這位是火村先生。」警部對正站在炕爐四周談論著什麼的刑事們介紹說。

他們抬起臉來，零零落落的點頭招呼，同時，視線也落到我臉上，彷彿默默詢問：這傢伙呢？

名倉警部好像不知道該如何介紹，所以我的朋友代爲說明：「他是來幫我忙的有栖川教授。」

應該是有點誇張的介紹了。

「上去吧！」

被催促之下，我用腳踝互相摩擦，脫掉鞋子。

土間擺滿刑事們和外景隊人們的鞋子。

「拍電影的那些人在哪裡？」警部問。

站立自在鉤（註：懸在炕爐上，用以吊著鍋、壺等物，可調整高度的鉤子）對面的年長刑事瞥了裡面一眼說：「早上拍攝一段時間後，目前正在休息，好像中午過後才要再繼續。」

「這樣應該可以問話了。」

「要傳喚嗎？」

「不，我們過去。」

之後，我和火村被帶進裡面的房間。那是在都市生活難得有機會見到的二十蓆榻榻米大的房間，除了中央擺放一張足可讓一匹馬站上去的大茶几以外，沒有任何家具與擺飾品。沿著一邊牆壁排滿攝影機、照明燈、反光板、大型電瓶之類的攝影器材，若拉開紙門，對面應該也是同樣寬敞的房間吧！所謂兔籠指的是目前都會區的住宅狀況，而日本農民住的卻是這樣寬闊的大房子。雖然感覺很舒暢，可是，在這麼大的房間裡鋪上被褥睡覺應該會睡不安穩吧？

現在並非想這種無聊事情的時候。

擠在房間角落、不知道正在竊聲談著什麼的七位男女回頭望向這邊，眼神好像在說：到底是什麼人出場了？

我也一個一個地看過他們，仔細觀察。

「這是火村教授和有栖川教授，都是恰巧來到本地的犯罪學教授，希望能聽一下各位的說明。」

「犯罪學家應該是民間人士吧？」蓄著不怎麼修整的鬍鬚的男人粗聲問。年齡約四十歲左右，是所有成員中最年長者，其他人看起來頂多在二十歲至三十五歲之間。

警部回答：「是的。」

「到底怎麼回事？難道警察需要借助犯罪研究者的智慧？」戴眼鏡的瓜子臉男人語帶輕蔑地問。

警部不以爲意地回答：「這兩位都精通犯罪調查學，因此我們很期待能獲得他們的幫助，請各位多多配合。」

「導演，這樣很奇怪吧？」瓜子臉輕拍自己的臉頰，朝身旁的男人說道。

這麼一來，我已經知道他身旁輪廓很深、戴著口罩的男人就是導演。大概是三十五、六歲吧！

「我們倒是無所謂。」導演用低沉卻清晰的聲音說：「雖然不太明白這兩位是何等人物，不過既然和警察在一起，任何問題我們都會回答。」

確實是一副領導者的態度。所謂的電影導演絕對要能清楚分派每一位工作人員的職務和角色，會有這種態度也是理所當然。

「謝謝各位。」火村朝著所有人致謝：「我是英都大學社會學院的火村，這位是幫忙我進行研究的有栖川。」

我也跟著一禮：「請多多指教。」

外景隊一行人表情困惑地回禮。

「那麼，首先請各位自我介紹。」警部催促。

導演最先報出姓名：「我是山根文和。」

接下來是蓄著鬍鬚的攝影師島本祐太，瓜子臉是燈光師橫見則之。我正想知道發現死者的出原晴雄是哪位時，端坐在牆邊、頭戴棒球帽的男人主動報上名。年紀約莫二十五歲，身材不錯，露出有點倨傲的眼神。

「不要只有工作人員出聲，女主角也快點開口。」山根導演催促長髮女人自我介紹。

正在搓弄雙手指甲的她抬起臉來，最先與我視線交會。細長的雙眸眨也不眨，睫毛很長。「我是遠藤春奈。」清楚的發音，有如唸台詞般刻意的聲音。

「她是女主角，我是男主角嶺野京助，請多指教。」第二位演員開口。

遠藤春奈和嶺野京助都是我未曾聽過的演員。

「最後一位呢？」火村問剩下的身穿白色喀什米爾套頭衫的女人。

有著可愛圓鼻尖的她自稱岸岡聰子，是化妝師兼場記。看起來像仍在學的大學生。

「場記是負責拍片的紀錄和進行？」火村問。

岸岡聰子微笑地接著說：「是的，你也知道嗎？如果對電影不是很瞭解的人，根本不知道什麼是場記。」

就算是我，對於場記到底是什麼工作也擁有某種程度的認識，更知道那是相當重要的職責，必須非常細心仔細，所以通常由女性負責。

「這就是全部的工作人員。人數這麼少，你們不覺得意外嗎？」山根導演在說到「全部」這兩個字時，攤開雙臂。

「已經聽說過是七個人，所以並不會意外，不過，這應該是電影製作最少的人數吧？」火村說。

山根微笑：「燈光師橫見和場記安岡小姐也兼任副導演職務。」

「我也是副導演兼男主角。」嶺野打岔。

「那一定很累人了。」火村苦笑：「那麼，首先，能請教是拍攝什麼樣的影片嗎？」

這個問題當然是針對導演。

「在說明之前，我先大略介紹一下敝公司。我們公司是以東京Q市爲根據地的小型製片公司，主要業務是製作電視宣傳短片、企業的廣告片和公司內部使用的教育短片，最擅長編造劇情。自從電影青年出身的董事長接下兩小時長度的電視影片製作工作後，便開始全力投入影片製作。兩年前，在一家大規模汽車廠商的贊助下也曾參加電視劇展，獲得最優秀作品獎。

「這次拍攝的影片，是Q市決定製作建市百年紀念的影片而委託當地新進製作公司的我們爲白羽之矢，著手製作。」

他講得興高采烈倒無所謂，但所謂的「白羽之矢」（註：日本古時舉行活人祭祀時，會在選爲祭品的少女家之屋頂插上一支附有白色羽毛的箭矢）指的乃是不幸之意，他難道沒有像編輯一樣經過查證嗎？

「號稱是建市百年紀念影片，卻來這樣偏僻的地方拍攝？」火村打岔。

「大部分的舞台背景都在Q市，不過女主角是出身東北寒村的年輕少女，所以在這裡主要是拍攝回憶的場景。」

「聽說去年夏天也曾經前來拍攝外景？」

「是的，來了三天。因爲需要季節不同的兩次回憶場景。對方要求我們製作出一流品質的作品，所以提供了充分的預算和時間，也因此才能這麼做。」

「到昨天爲止一切都很順利嗎？」

「是的。事實上，這邊的拍攝結束後，就只剩下後續編輯作業和配音，所以感覺上有點受挫。」

「你們從以前就認識死亡的片瀨五郎？」

「去年夏天來拍外景時，他們夫妻曾經送過冷飲給我們。因爲聽說我們從都市前來拍電影，爲了觀看，才以送冷飲爲藉口。夫妻倆都很親切，尤其是老太太還送過飯糰呢！我們也找他們要過蚊香、借過幾樣小東西，還爬上他們家屋頂拍攝這邊的房子，他們幫了我們很多，所以回東京後，我們就派人送來寫有『冬天會再度前往，屆時請多多指教』的謝函和點心盒。」

「眞是很好心的老婆婆呢！」嶺野京助抬頭望著天花板的粗樑，喃喃自語。好像是意味著：老先生就差很多了。

但是火村並未追問。

「到了十二月，我們接獲作爲訃聞的明信片，才知道片瀨夫人在秋天去世了。當時我在想，片瀨老先生一定很難過吧！」山根也和嶺野同樣哀悽地說道。

「兩夫妻感情好不好？」

「應該不錯吧！因爲不是年輕的夫妻，看起來是沒有非常親暱的樣子，不過可以知道是互相關懷的老夫老妻。」

「這回前來，隔了半年又見到片瀨老人，感覺如何？」

「你是想問身體狀況好不好吧？不，他並未顯出老伴先死而驟然蒼老的模樣。片瀨老人本來並不愛理人，可是看到我們前天中午過後抵達時，居然主動前來打招呼。」

「完全沒有會自殺的苦惱模樣呢！」嶺野再度喃喃說著。

「片瀨老人前來打招呼是各位見到他的最後一面？」

「不，在遠藤的建議下，當天晚上我們邀他一起吃晚飯。」

「邀請他來這裡？」

遠藤春奈頷首。「是的。本來認爲他會覺得困擾，可是轉念一想，告訴他，他也許會很高興，所以……」

「他是眞的很高興。」一直沉默的岸岡聰子開口。「傍晚，我問他『雖然都是速食食品之類的簡單東西，能請你一起參加嗎』，他回答『偶爾和很多人一起吃飯也不錯』，我說『遠藤小姐還說一定要邀請你呢』，他顯得非常高興。」

岸岡的語氣很明顯在博取女主角歡心。或許，身爲工作人員總是必須面面俱到吧？

「總之就是這樣，他愉快地答應邀請，還提了二公升瓶裝的清酒過來，坐在炕爐邊笑鬧到十點左右。」山根導演奪回說話的主導權。

「片瀨老人喝了很多酒嗎？」

「只喝一點點。他說自己以前酒量很好，可是現在完全不行了，只喝了幾小杯。」

「當時有沒有奇怪的樣子？你們覺得呢？」火村環視著每個人的臉孔問。

「沒注意到。」

「不，和平常一樣。」

鬍鬚島本和瓜子臉橫見互相確認。

遠藤春奈和嶺野京助兩位演員也彼此低聲交談，「沒什麼不對……吧？」

「出原先生覺得呢？」火村問沒有反應的男人。

他漫應：「這……也沒有特別……」

「他提到食人瀑布的話題。」突然，岸岡聰子開口。

火村緩緩回頭，望著她：「所謂食人瀑布的話題是？」

照理說在暖爐旁的聰子應該不會感到冷，但她卻瑟縮著肩膀說：「他突然開口說，『自己在這裡生活了三十年，已經不會在意，可是，你們到了半夜不會忽然聽見遠遠傳來的瀑布聲嗎』。這時，大家一齊沉默無語，好像在凝神傾聽瀑布聲。接著又說『已故的內人常說半夜裡因爲聽到瀑布聲而睡不著覺，還說聽到瀑潭底下有哭泣的聲音不斷說著好冷、好冷，她說這不可能是錯覺』。我聽了都感到心裡不舒服，也不知道他爲什麼要講這種話。」

「後來片瀨老太太就跳下斷崖自殺，眞是令人不解。」山根導演提高聲調，打斷聰子的話。

聰子似乎還想說些什麼似地斜眼望著火村。

火村立刻接著問她：「片瀨老人爲何要講這些話呢？是半惡作劇的想嚇妳嗎？」

「我不知道，也許只是不自覺地就說出來了……」

火村等待片刻，但是對方沒有繼續回答，於是，他自言自語似地說：「嗯，就這樣了。」然後又問：「他是十點離開的，當時是否有下雪？」

這次，山根接腔回答：「是下著大雪。我們送他走時，他說『這一來又要積雪啦』。」

「但是，半夜就停了吧？」

「應該是黎明時分吧！我還沒起床，所以不太清楚，不過，收音機的氣象預報是這樣說的。」

這時，警部輕咳一聲，接著：「我們照會過氣象台，得到的回答是凌晨四點左右雪霽。」

「是嗎……片瀨老先生離去後，各位做了些什麼？應該都上床休息了吧？」

「沒錯，因爲當天只是攝影準備工作和彩排，第二天早上才正式拍攝。所以到了十一點，大家便各自回房，很快就睡著。」

「所謂的各自回房是？」火村對這一部分的質問很仔細。

「兩位主角各住一個房間，我們則睡在這兒。啊，當然，岸岡小姐睡別的房間。」

「直到天亮爲止都沒有發現什麼？」火村問衆人。

嶺野京助訝異似地搖搖頭：「雖然你這麼問，可是片瀨老人已經回到對岸了，而且又隔著樹林，他身邊發生什麼事，睡在這裡的我們不可能會知道，又不是住在隔壁。」

「這點我瞭解。只是，各位是距離他最近的人，除此之外沒有其他人可問。」火村聳聳肩說。

「我什麼都沒有注意到。」

其他六人的回答也和他相同。

火村雙肩下垂說：「可以抽菸嗎？」

4

畫著自由女神圖案的菸灰罐被人從茶几下拿出來。火村點起駱駝牌香菸，包括警部在內，好幾個人同時叼著菸。

「那麼，請出原先生說明發現屍體當時的情形。」

在臨床犯罪學家的催促下，頭戴棒球帽的副導演神情緊張地開始說明。

「當天拍攝時，因爲有事要請片瀨老先生幫忙，也就是要向他借用老舊時鐘和手鏡，所以吃過早餐後，我就前往他家。」

「什麼時間？」

「八點過後。因爲八點半要開始拍攝。」

「你是步行前往？」

「是的，因爲只是要借用小時鐘和手鏡，在汽車引擎還沒熱之前，步行就已足夠來回。」

「自己一個人？」

「是的。岸岡小姐曾說要陪我前往，可是我只讓她揮手送行，這種小事兩人同行太誇張了。」

他說的每一句話都非常愼重的斟酌用詞，好像很害怕招致聽者懷疑。

聰子也說她有送出原過橋。

火村繼續問出原：「片瀨老人答應讓你在那種時間去借用道具嗎？」

「是的，前一天已經事先告訴過他。」

「原來如此。請繼續。」

「我在門外叫了好幾聲『早安』卻無人應答，屋內也毫無動靜。我心想，會不會還在睡覺呢？於是又叫了幾次，可是結果仍舊相同。在這種鄉下地方，玄關的門通常不會上鎖，可是基於住在東京的習慣，我覺得一定是鎖上的，因此困惑地繞往後門。不，也不是認爲後門一定會開著，只是很自然地繞到後面……」

「我明白了。結果發現了腳印？」

「是的。從後門口開始，長統膠鞋的腳印一直延伸至後面的樹林。我覺得很奇怪，就算雪已經停了，這種時候去河邊散步總是不太合乎情理。但是，站著枯等實在太冷，就循著腳印往前走，因爲不趕快借到道具回去，拍攝工作就會出問題。

「雖說是樹林，也只不過是一小片雜樹林，馬上就到了河邊。一看之下，腳印延伸至斷崖邊，接著完全消失。我大吃一驚，心想他該不會是跌下去了？所以趴在地上往崖下望，卻見到淒慘的景象。片瀨老先生倒臥岩石上，頭部流血。我叫了兩聲他的名字，但他動也不動，所以我認爲他已經死亡，慌忙跑回這裡。」

完全和名倉警部之前敘述的一模一樣。

「還有什麼要補充的內容嗎？」火村問。

「不，沒有了。」

「你去拿片瀨老人答應出借的物品，叫門時無人應答，繞往後門卻發現腳印，所以循著腳印往前走，發現他跌落岩石致死，然後馬上回來通知大家。全部就是這樣嗎？」

「是的。」

「現場能保存如此完整，警方一定很感謝你。」

警部對火村的話沒有任何反應。

「聽到出原先生的通知，大家作何反應？」

這次又換山根回答：「當然不可能繼續拍攝。我們發現腳印在崖邊中斷，馬上撥１１９報案。」

「怎麼撥？」

「借用片瀨先生家的電話。」

「是嗎？在報案之前你們已經去過現場？」

「是的，由出原帶路，所有人一同前往。」

「報案之後呢？」

「在這棟房子前呆立之時，救護車跟警車一同趕到。我們雖然沒有撥110，不過可能勤務中心認爲有必要而同時連絡警方吧？接下來的情形，警方都完全瞭解了。」

山根好像認爲這樣就算報告完畢了，倚著牆壁，閉上了嘴。

火村將已吸短的香菸移至眼睛的高度，無意義地凝視菸頭。

「各位趕抵現場之時，沒有注意到出原先生以外的腳印嗎？」

衆人異口同聲回答：「沒有。」

「那麼……先前嶺野先生曾說片瀨老人不像是會自殺的樣子，其他人覺得呢？有人見到他的屍體而悲嘆『爲何要選擇死亡』嗎？」

七人似乎在互相窺探對方的反應似地望著自己左右。首先回答的是鬍鬚攝影師。

「不，我不這麼認爲。因爲他前一天完全沒有那種跡象。所以我覺得一定是失足跌落的意外。」

他的口氣還是很不客氣，大概職業攝影師都是如此吧！

「根據現場的情形，並沒有發現失足滑落的痕跡。」火村說。

島本好像對這句話很不服氣，嘴角扭曲，哼了一聲。「看到幾個小時前一起喝酒吃飯的人死亡，不可能會有人冷靜檢查腳印的。」

「島本，我不認爲是失足跌落。」山根導演彷彿正在宣誓的美國總統似的舉起一隻手。「因爲，腳印完全不像失足跌落的樣子，簡直就像是相信自己能在空中漫步而從崖邊踏出。所以，我認爲片瀨老人是陷入某種恍惚狀態，踉蹌之間跌落崖下。」

聽山根這麼說，女主角遠藤春奈首度提出異議：「我不這麼認爲。片瀨先生前晚並沒有喝那麼多的酒……」

「他也沒有到老眼昏花的程度。」橫見毫不客氣地打岔。

「是的，這也是一個原因。可是，最主要的是，片瀨先生的腳印並不像導演所說，有踉蹌不穩的樣子，看起來反而是朝向目的地直線前進，絕非陷入恍惚而跌落。」

「有意思。」火村把菸屁股丟入菸灰罐，接著說：「妳的意見非常有趣。片瀨老人絕非陷入恍惚狀態，而是滿懷確信的朝斷崖前進……妳認爲他的確信，也就是目的何在？」

春奈無法回答。

「等一下，教授。」橫見浮現諷刺的微笑：「你說是來幫忙刑事先生，但是從剛才開始就只是一直問我們的意見，難道你自己沒有什麼看法？」

火村絲毫不以爲意：「目前還沒有，因爲，沒有先蒐集情報就無法予以組合並作出推論。」

「還需要什麼樣其他的情報？」橫見繼續問。

我的朋友用食指撫摸嘴唇，開口：「這個……譬如，名倉先生。」

警部出其不意地被指名，抬頭應說：「嗯？」

「見到腳印時我想過，片賴老人死時腳上穿著的是猶新的長統膠鞋鞋吧？」

「不錯，是新鞋。」

火村望著外景隊一行人：「請問各位，片瀨老人前天是穿什麼樣的鞋子？」

這是個出乎意料的問題，不僅是我，外景隊的人和名倉警部都訝異不已。

「他穿什麼有何值得在意之處？」嶺野反問。

「我心中有些事無法釋懷。來這裡之前，我先到片瀨老人家大略看了一下。他過著相當簡樸的生活，家裡完全看不到沒用過或多餘的東西。當時我見到土間擺著一雙長統鞋，那是沾上泥巴、似乎才穿不久的長統鞋。見到該雙鞋子，我感到有點不對勁。」

所有人的視線集中在他臉上，好像對他到底想說些什麼很感興趣。

「他跌落致死的屍體上穿著一雙長統膠鞋，那麼，我在土間看到的就是另外一雙了。可是，他的日常生活中完全不需要多餘之物，現在卻持有兩雙長統鞋，總覺得不太對勁。」

嶺野好像因爲「原來只是這麼點小事」而苦笑說：「這裡是雪國，長統鞋是必需品，多準備一雙也沒什麼好奇怪的吧！」

「或許眞的沒有什麼好奇怪的，不過我就是無法釋然。他家的廚房或冰箱完全見不到買來存放的備糧，連暖爐使用的燈油都無庫存。同時，警方也調查過，他都是開車到瀑布下方的商店購物，這樣的他會多準備一雙長統鞋絕對不合理。更何況土間的那雙還很新，死亡當時腳上穿的也是新鞋……如果說其中一雙已經舊了，再準備一雙還比較說得過去。」

聽了他的話，我非常佩服他竟然能在這麼短的時間內觀察到如此多的細節。

沒有人開口。

「那麼，我再請教。片瀨老人前天穿的是全新的長統鞋呢？或是已穿過一段時間的長統鞋？」

回答的人是場記聰子。

「不是全新的長統鞋。我負責擺放脫下來的鞋子，所以記得。」

「我還是搞不懂。」橫見靜靜地接著說：「我忍不住又想問，那又如何？」

火村雙手交抱腦後：「你不覺得奇怪嗎？片瀨老人穿著新的長統鞋，在雪霽的凌晨四點至六點之間留下走到斷崖邊的腳印……黎明前穿上新長統鞋的原因何在呢？」

沒有人能回答。

黎明前穿上新長統鞋……聽起來很不習慣的詞彙在我腦海中迴盪。

「不要再出謎題了。」島本似乎一點都不感興趣：「剛才橫見不是說『你只會詢問別人的意見嗎？我不希望老是被問『爲什麼』，你該提出自己的看法。」

偏執的男人似乎厭膩了火村一味的質問。

「請你不要這麼不高興。我會這樣問只是認爲，如果有人可以回答說『那並沒什麼好奇怪的，事情是這樣……』，那麼就不用一個人獨自思考而浪費許多時間。」

島本朝著無人的方向抽菸。

「抱歉，我只是有點不耐煩，所以說話態度有點沒禮貌……我只是很希望能早點拍好影片，盡快回家。身爲攝影師講這種話有些丟臉，不過，我眞的很怕冷。」

聽到鬍鬚男人背對這邊幽幽述說，我極力忍住不笑出聲來。

「是我失禮了。那麼，今天就到這邊吧！」火村說。

但是警部忽然出聲制止：「且慢，我有一件事情請教各位，希望各位能詳細告知去年夏天在這裡死亡的加西好美小姐的事。」

5

在浮現加西好美是誰的疑問之前，我感到在座的氣氛瞬間改變，彷彿有股異樣的緊張攫住眼前七位男女，有人不安地低頭，也有人像聰子那樣表情轉爲畏怯，似乎警部說的「加西好美」是個忌諱。

「你的意思是，加西小姐的意外和這次的事情有關連？這是完全不相干的兩樁不幸事件吧？我認爲沒有必要反覆追問。」山根代表大家回答。

警部以強硬的表情回絕他的抗議：「不能斷言兩者之間毫無關係！因爲你們每次從東京大老遠的

前來拍攝外景，就會有人從斷崖跌下去，這其中絕對存在著某種因果關係。」

「什麼？」

「或許有人會認爲我的話過度誇張，但是，不管有沒有關連，我都想做個確認。」只要他們前來，就會有人從斷崖跌落？難道那位加西好美也是跟片瀨五郎一樣遭罹橫禍而死？

我和火村對望一眼。他微微動了一下脖子，好像用鼻尖劃出問號。

「雖然尚未對火村教授和有栖川教授提及，但去年夏天，這裡也發生過有人跌落斷崖的事件，是一名年輕女性掉落河中，遭到瀑布呑噬致死。該女性的姓名是加西好美，也是和遠藤小姐、嶺野先生一起演出的演員。」

我心想：若有這樣的事情就該早些說明才是，那樣也可以比較容易深入追查老人跌落事件背後的重重疑點。而火村的神情則更加嚴肅了。

「對了！我還忘了問一件事，在這裡的各位和去年夏天的外景隊是同樣的成員嗎？去年的夏天多了一個人吧！一位名叫加西好美的女性。」他說。

「警部先生，警方不是已經判定加西小姐的事爲意外事故了嗎？現在又再提起只是徒然勾起大家的痛苦回憶罷了。」山根似乎仍舊不服。

橫見在一旁附和：「導演說的沒錯，當時我們都體驗到極度的難堪，被追問『眞的是意外嗎？不會是被誰推下去的嗎？你們之中是否有人與她發生問題？』等等，結果最後警方認定是『意外』而放過我們。回憶起她的事情是很痛苦，但是回憶起接受警方調查時的情景更令人不愉快。」

「那就請各位暫時稍稍壓抑一下這樣的情緒吧！」警部再度駁回：「關於加西小姐的死亡，片瀨老先生沒有說過些什麼嗎？」

沒有人接著回答。

「所以我才會感到恐怖呀！」聰子和方才同樣地唐突出聲回答。

由於與問題搭不上邊，警部搖頭不解，開口問：「岸岡小姐，妳說『所以才會感到恐怖』是什麼意思？」

「害怕片瀨老先生談到食人瀑布的話題。去年夏天和我們在一起的人遭到瀑布吞噬而死，他卻說半夜裡能聽見瀑潭傳出叫聲……我覺得他太遲鈍了。」

「遲鈍嗎？」火村喃喃自語。

「難道不是嗎？」聰子望著他和警部，反問。

「我認爲，若能確定他是因爲遲鈍而提出該話題，或是基於某種意圖提出，應該就能看透謎題，你們認爲呢？」山根比聰子更快開口。

「所謂的某種意圖是？」火村採取迂迴問話的方式。「眞正的企圖是很難猜測的，但是，或許是片瀨對加西小姐的意外事故頗爲關心，所以刻意提起這樣的話題。」

「那位老先生爲什麼會關心加西好美的意外呢？他們是完全沒有關係的陌生人呀！」橫見無法認

同。

完全沒有關係的陌生人，這又是種很強烈的表現。對於犯罪調查完全外行的我，因爲沒有機會開口，只好持續分析別人說話的用詞。當然，並不是爲了打發無聊。

「我雖然不懂火村先生在想什麼，但我不認爲片瀨老人對加西小姐的事會特別關心或感興趣。」山根冷漠的說。「因爲，如果他想談有關加西小姐的話題，沒必要這樣兜圈子，還有其他方法可以提出，像是『去年夏天的意外事故很可怕吧』之類的。」

「我想請教警部先生……」春奈凝視著對方的臉孔。

警部正視她的視線。

「我們聽說，加西好美掉落河中時，曾被片瀨老先生的妻子目擊到，所以才斷定是意外事故。也因爲有目擊者，我們才接受那是意外的說法。可是，警方現在卻懷疑有可能不是單純的意外。如果是這樣，豈非表示片瀨老夫人作僞證？那麼，她爲何要說謊呢？請你給個答案。」

「我必須更正一點。片瀨老太太的證詞並不是『我見到加西小姐不小心從斷崖跌落河裡』，而是『我看見加西小姐掉進河中被水沖走，當時河上的斷崖不見任何人影』。」

春奈似乎不滿警部的回答：「不管是哪一種，結論還不是『沒有人把加西小姐推落河裡』？」

警部接著說：「我同意這點。但是，現在只是對事實稍微做個確認。——我們以片瀨老夫人的關鍵性證詞而斷定那是意外事故，但是，她並非在事故發生後隨即如此聲稱。」

聽了警部和春奈及山根的對話，我終於逐漸明白去年夏天發生的事件經過。去年七月二十九日，上午的拍攝結束，下午是自由行動的時間，預計傍晚集合後前往盛岡慶祝外景順利拍攝完成，並在飯店住宿一夜。在自由行動結束時，岸岡聰子滿臉恐懼地跑回這裡，通知大家「加西小姐好像掉進河裡了」。她表示發現異狀至現場一看，見到加西好美的高跟鞋鞋印直線朝向斷崖邊緣處，然後消失，看起來應該是跌落崖下。一行人打算報警而回到這裡時，看到片瀨老夫人在等著大家，並慌慌張張地說她「看到了，看到加西小姐被流水沖走」。

山根導演慌忙打電話報警，同時撥１１０求援。但是，在他們之前已有來此觀瀑的觀光客報警說「有女人被河水沖下，掉進瀑潭」。掉落的女性與加西好美的穿著一致，因此約略能確定罹難者就是她。

警方問片瀨老夫人「加西小姐跌下時，沒見到附近斷崖上有人影嗎？」，可能是受到過度刺激，她只是不斷重複「好可怕。眞可憐。」，警方發現問不出什麼，就先行對外景隊的人員進行偵訊。到了第二天，老夫人才說「我想起來啦，斷崖上確實沒人。」，經過這麼長的時間才說「沒有人」非常奇怪，可是因爲老夫人拚命解釋自己是「心情平靜下來以後才想到」，警方最後還是相信了她。

而加西好美的屍體被食人瀑布呑噬，始終沒有浮上水面。

事件經過應該就是這樣。

「片瀨老夫人目擊了事故發生而非常激動，或許因此而在精神上產生錯亂，等第二天恢復平靜之後才說『斷崖上確實沒有人』，我認爲這絲毫沒有什麼不自然，那位老婆婆不可能會對警方說謊。」嶺野以強硬的語氣聲援春奈。

警部暫時退讓一步：「我明白了！關於這件事，往後若有誰發現什麼，請隨時通知警方。」我們站起身。

6

「請進。」

移動到裡面的八蓆榻榻米大的房間後，名倉警部在紙杯裡倒了兩杯熱咖啡，遞給火村和我。在沒有暖爐的房間裡，熱咖啡實在太彌足珍貴了。

「謝啦！不過，突然提及加西好美這個名字，讓我一時搞不清楚怎麼回事，尤其知道其死亡方式酷似昨天的片瀨五郎後更是大爲吃驚。」

「火村教授，抱歉沒有事先向你說明。雖然死者是女演員，但畢竟不是什麼知名人物，關西方面的新聞應該不會報導其死亡的消息吧？」警部也幫自己倒了一杯咖啡。

「雖然兩人留下的腳印類似這點有些怪異，不過去年夏天發生的事件已經當成意外事故結案？」

「與這次不同，那次因爲有片瀨老夫人的證詞，所以當作意外事故處理。」

「加西小姐跌落的現場沒有其他腳印也是判斷爲意外事故的理由之一吧？」我問。

「不，那次並不像這次事件有深刻意義。那時即使沒有積雪也能推定是有人沿著斷崖邊的岩石，悄悄接近加西好美並將她推落。不過，我們完全是根據片瀨老夫人的證詞下這個判斷。」

既然如此，爲何現在重新提起這件事？

「之所以重提加西好美的意外事故，其中另有原因。」警部好像看穿我的想法。

「什麼原因？」怕燙的火村像是在等待咖啡轉涼，把紙杯置於榻榻米上。

「先前我有提過，片瀨老人寫信給住在老人安養院的朋友，並說『錢的方面已經有了著落』，然而，沒有工作，只是靠著老人年金生活的他，不應該會有其他的金錢來源才是，何況他兒子根本就是個不孝子。」警部啜了一口咖啡，接著說：「所以我認爲他可能是向誰勒索。」

「所謂的『誰』是指外景隊的某人，而且是應該爲加西好美的死亡負責之人？」

「沒錯。片瀨察覺加西好美死亡的眞相，很可能爲了老年的安養生活而向某個人勒索。」

我心想，這完全只是一種假設，片瀨五郎知道被隱藏之眞相的證據是什麼，又是在何時、如何知道的，這些問題都有必要好好說明。

警部好像再度看透我的心思，接著說：「我會這樣認爲是根據片瀨常常去找的醫師所說的話。這位醫師是片瀨老夫人去年秋天因心肌不全過世前，負責照顧她的人。臨終之際，老夫人對他說『我有很重要的事情想單獨和外子談』，而醫師迴避至隔壁房間後，隱約有聽到『眞的嗎？妳不是神智不清吧？』、『爲什麼一直瞞著我？』、『有證據嗎？』等等的話。醫師因爲當時有點介意，事後想起來才告訴我。」

「也就是說，片瀨老夫人臨終之際才把隱藏已久的秘密告訴丈夫？」

「這只是我的猜測。」

火村凝視著紙杯冒起的熱氣沉吟不語。良久才說：「還有一個疑問，片瀨老夫人爲何直到死前才說出這件事？而且，就算名倉先生的推測正確，也得找出片瀨五郎要脅造成加西好美死亡的兇手之證據才行。」

「你說得沒錯，但是要確定這點似乎相當困難。」

「若考慮片瀨的死亡是他殺的話，兇手當然是外景隊的其中一員，因爲他們距離最近。而且，若是警部的推測無誤，這表示他們之中有人具有殺害片瀨老人的動機……」我說。

火村接著說：「假設片瀨五郎眞是死於他殺，也不能就此斷定兇手是外景隊隊員之一吧！」

「嚴格來說，上游的住家和從瀑布下方上去的某個人皆有可能是兇手。不過，上游住戶是我以前的同事，亦即是退休的警官，應該沒有殺害片瀨的任何動機，很難認爲他會是兇手……」

「若是從瀑布下方上去的某個人呢？」

「或許是有此可能……可是經過查訪，完全沒有聽說片瀨五郎可能遭人懷恨之類的事，因此，焦點自然集中在外景隊隊員身上。因爲他們不但距離現場最近，也無法確認彼此的不在場證明。」

「不是說男性職員睡在同一個房間嗎？」

「他們是在幾乎完全漆黑的情況下各自分開睡。雖然偷偷溜到河川對面殺人是有點冒險，卻仍有可能做到，至於睡在其他房間的人當然就更有嫌疑了。」

耳中聽著警部的話，我卻想著另一件事。假設片瀨五郎在羽絨背心內側所寫的血字是死前訊息，且是死於他殺，而嫌犯是外景隊隊員之一，那麼以血寫出的「山」所指的會是誰呢？

「片瀨寫的乃是形似『山』的漢字？」我問。

「沒錯。」警部回答。

「只判別得出這個字？」

「是的。單純點來想的話，可以認爲是山根導演的『山』。」

「那也不見得吧！」我說。

火村嘖舌：「推理作家擅長的死前訊息遊戲開始啦？」

「啊，不錯。形似『山』的漢字之死亡訊息，在這次事件裡是最糟糕的形狀。」

「我可以猜出你心中迫不及待想說的話。『山』或許是島本祐太的『島』之一部分，也可以是嶺野京助的『嶺』，更可能是岸岡聰子的『岸』，或是出原晴雄的『出』，對不對？」

「還有呢！」

「是什麼？」

「如果不是『山』，而是片假名的『ヨ』，指的則是横見則之。」（註：横見的羅馬拼音爲yokomi）

「眞是苦了你！」

「還有呢！」

「喂……」

「若是英文字母的『E』，就是遠藤春奈的姓氏縮寫字母了。」（註：遠藤的羅馬拼音爲endou）

火村手摸額頭，一副無可奈何的樣子。「你是犯職業病了，玩到這種程度。怎樣都沒關係，但是這種遊戲毫無建設性可言。」

的確，結論若是每個人都符合的話，半點幫助都沒有。

「原來如此，還有這樣有趣的觀點。」警部客氣的說。

我感到有點丟臉。

走廊傳來腳步聲，有誰正走向這邊。而後，紙門拉開了，一個年輕刑事探頭進入。

「警部，組長打電話過來。」

「好！」他對我們說：「我稍微失陪一下。」

「請便，我們到處看看。」

警部離開後，火村啜著咖啡。

「你在想什麼？」我問。

「想黎明前爲什麼要脫下新長統鞋的重大問題。」

「原來如此。」

他一口氣喝完冷咖啡。

「結果呢？」我問。

他並未立即回答，而是站起身：「先四處看看再說。」

穿上外套走出屋外。天空還是陰沉沉的，但已經沒有飄雪了，也能聽到遠處傳來的食人瀑布聲。

「那就是片瀨家嗎？」

對岸樹林後隱約可見到小小住家的影子，只有屋頂勉強露出樹梢。

「去河邊附近看看吧！」我說。

「啊，好呀！」火村回答。

循著應該是刑事們留在樹林中的腳印往前走，我們來到了斷崖邊緣，俯瞰腳下冰冷的流水。流速湍急，名副其實的通往地獄單行道。

「如果是夏天，一定會是非常美麗的景色！四周全被青綠所環抱。」

他說的沒錯，但現在卻是寒意逼人的景觀。

我再度望向對岸。依目測所得，谷寬大約三十公尺。

——三十公尺……

我摸著下巴沉吟時，火村問：「你在想什麼？」

我生氣了：「喂，請不要每次人家沉默時就問『你在想什麼』好嗎？」

「抱歉、抱歉，但是，閣下正在思考些什麼呢？」

我忍不住想贊同島本剛才的說法——眞是個只會問別人意見的傢伙！

「我正在想，如果眞有某個人在這裡殺害了片瀨老人，那他究竟是採取何種殺人手法？遠藤春奈也說過，他的腳印好像滿懷確信地朝向目的地前行一般，筆直地走向斷崖，然後飛上空中……他到底是走向哪裡？」

「嗯。」

「站在與對岸相對的這裡，並沒有發現什麼東西。可是，他卻朝這邊筆直前進。」

「嗯。」

「假設有殺人兇手的存在，會不會是那傢伙當天晚上在這邊布置下某種詭計？」

「所謂的詭計是？」

「不知道。或許是某種暗號之類……」

「天色應該很暗，難道是使用會發光的東西？」

「啊！說不定是信號燈或手電筒之類能閃閃發光的東西，或者……」

火村凝視我的臉。

「女演員遠藤春奈打扮成已故的片瀨夫人向他招手，叫著『老頭子，是我！快過來這邊！』……片瀨五郎見到，忍不住就……」

「她從這兒叫著『達令』？喂，你認眞點吧！」臨床犯罪學家當頭一喝。

「我是很認眞。也許是聲音，能引起片瀨老人強烈興趣的聲音，雖然我無法舉出具體例子……」

「不錯，有可能是利用食人瀑布的聲音。」火村神情嚴肅，不像是在嘲諷我。「但是，有栖，如果使用閃光，片瀨五郎若是在睡覺，應該就不會注意到；若是利用聲音引誘，除非有相當的音量，否則無法傳到對岸，可是聲音過大卻可能吵醒在這邊睡覺的同伴。」

「啊……」

「還有，就算是利用某種方法將他順利誘到斷崖邊，也沒辦法保證他會如預期的失足跌落。」

確實如此。

「對了，我想到另外一個附加的疑點。兇手若使用這樣的詭計，被害者眞的能分辨兇手是誰嗎？天色很暗，又有相當距離，如果無法分辨出被誰誘出，不可能在臨死之際留下死前訊息。」

我又產生不同的點子：「兇手也許在這裡架橋或什麼的。」

「你說的橋是？」

「利用圓木或木板伸到對岸，呼喚片瀨五郎並僞稱有急事，趁他驚慌地過橋時，把橋撤掉。」

火村臉上浮現同情之色，無情的說：「你的創作能力也有問題了。」

「可笑嗎？」

「處理掉臨時搭的橋是很簡單，只要丟到河中讓水沖走就行。但是，如何架設長度足以當橋的圓木或木板呢？這豈非變成實行詭計還要再用另一個詭計？」

啊，實行詭計還要再用另一個詭計，這說法太令人沒面子了。

「當然，若用這項詭計是可以解釋對岸留下的腳印之謎。」

我或許是過度拘泥這點了！不過，我總覺得，如果無法找出腳印的意義，絕對看不見事件眞相。

黎明前到底是什麼在向他招手呢？

7

回到屋前，我們發現小貨車裡有人影。走近一看才發現是島本和橫見。火村的臉貼靠著車窗，很刻意似的微笑。

車窗搖下來，鬍鬚臉探頭至車外：「教授，可以借個火嗎？」

助理教授幫他點燃叼著的香菸，自己也點了一根。

「謝啦！在屋裡感覺上好像被刑事監視著，非常不安。」

他的意思是：所以他們逃到有冷暖氣空調的車裡。

「加西好美的死對電影的拍攝沒有影響嗎？」火村問。語氣不像有什麼特殊目的。

「她只有在夏天的場景出現。不過，事後的處理卻很麻煩，因爲她老爸是這個。」島本用食指在一邊臉頰上劃出一道長線。

「黑道？」

「沒錯。雖然只是聚集一些小混混的地方性小組織的幹部，卻聚衆到公司來叫囂，指責我們現場工作有所疏忽。後來透過律師付了一百萬圓後才擺平。照理說，她是自己不小心跌落河裡，沒必要付這麼多錢……」

「黑道流氓的女兒嗎！」火村吐出煙霧。

「來公司談判的時候很兇呢！」橫見蹙眉說。

「……不過，我自己也有女兒，所以很能體會那種心情。就算不是黑道，或許一樣會到公司怒叫的。」島本苦澀地抽著香菸。「很可惜，她的演技是勝過遠藤春奈和嶺野京助的。」

「我不太懂……遠藤小姐和嶺野先生屬於哪一等級的演員呢？」

「到最近爲止還是沒沒無聞。」

「這麼說，現在不一樣了？」

「他們在小劇團演出的風評不錯，山根先生因此看中並起用他們主演。不過還有另外一位資深電影導演同樣看上他們，預定提拔主演下個月開拍的作品，應該很快就能享譽全國。」

「嘿，那就恭喜他們了。」

「加西好美比他們更好呢！」島本不斷惋惜已故女演員的才華。

背後響起踩在雪地上的聲音。是副導演出原。

「導演找你們，他說吃過午餐後要拍攝瀑布上剩餘的五個鏡頭，必須事先討論。」

「知道啦，馬上就過去。」島本厭煩似地回答。

「那我先回去了。」出原小跑步離開。

我盯著他留下的腳印。當然，與在河對岸見到的完全相同。在回想起斷崖邊的景象時，我又有了另外一個念頭。

以最爲單純的觀點而論，可以推定是出原推落片瀨老人。他引誘老人至崖邊，趁隙從背後用力一推……這種假設的困難點在於，他們留下的腳印完全沒有紊亂。兩人的腳印是有相接，但絲毫沒有怪異之處，也不像是使用長木棒推落……

笨蛋！怎會淨是想些無聊事？難道忘了片瀨五郎的死亡時間推定是凌晨二點至六點之間嗎？出原前往老人家是在八點過後，不可能是當時行兇。

不，行兇的時間不可能更早嗎？雪霽後，假設是清晨五點好了，出原誘片瀨到崖邊並將他推落，接著回到這裡鑽入被窩睡覺。不久後，天亮了。到了八點，他照預定前往老人家借用道具。這時，他假裝過河，其實卻躲在附近等待，估計已經差不多之後，才跳出來大叫「糟了，片瀨老先生他……」

並跑回同伴處。這樣不就完全合理了嗎？

不！

岸岡聰子不是目送出原過河到對岸嗎？那天早上，他的確去了老人家。如果他是兇手，他應該在雪地上來回兩趟，可是，雪地上只有來回一趟的腳印。

啊，也許我是眞的失去創作能力了。

我開始害怕回大阪面對電腦了——我完全跟不上火村的調查步調。

「島本，我們該走了吧？」橫見催促著。

島本把菸屁股丟進菸灰缸裡，「教授，加油。」丟下這句話給火村後，他和橫見走進屋內。

「對了，有栖。」

「什麼事？」

火村望著河面：「兇手應該是希望讓片瀨五郎的死亡以自殺或意外事故結案才對，那麼，爲何不把屍體丟進河中呢？處理掉屍體對兇手當然是最爲有利，現場又是最佳地點，只要丟進河水裡，瀑布自然會將屍體吞噬。」

我的腦袋好像又受到重擊：「又要提出問題了嗎？你也像樣點，偶爾總該說些自己的看法吧！現在的你和去年聖誕節事件時差別未免太大了。」

「哎呀，你不高興啦？我自己當然也在思考，而且已經快要有結論了。」火村說。

這時，隔著火村的肩膀，我見到島本和橫見進屋後，名倉警部走出，好像是在找我們。

「原來你們在這裡。」

火村迅速轉身：「有什麼新發現嗎？」

「找到這個。」警部晃動右手提著的塑膠袋，裡面是個小盒子。「是火柴盒，埋在距離片瀨陳屍地點兩公尺外的地方。」

火村從外套內袋取出黑色絹絲手套戴上，接過塑膠袋，從裡面捏出火柴盒。盒上印有理髮店的店名。

「是片瀨五郎的東西嗎？」

「沒錯，外景隊隊員說他昨夜帶著這個火柴盒。」

「昨天的調查沒有發現？」

「埋在雪中……雖然埋得不深。」

火村以食指按住眉頭：「假設是片瀨跌落時掉出，會埋在雪中就很可疑了，因爲昨天凌晨四點雪霽之後就未再下雪。」

「也許是掉下來的時候嵌入雪中。」

「這麼輕的東西嗎？」他讓火柴盒在掌上轉動。

「聽你這麼說，的確有些奇怪。」

「你說這東西是在距離屍體兩公尺處尋獲，應該是沒有靠流水的另一邊吧？」

「沒錯，是未濺到水花的積雪處。」

「這表示如果片瀨五郎也是跌落這一帶的話，屍體上會略微積雪了。」他把火柴盒放回塑膠袋內還給警部，接著說：「我要出去買一些東西。」

忽然說出這種話，我大吃一驚。

警部也露出訝異表情：「去哪裡？」

「瀑布下方。也順便吃飯。」

「需要用車嗎？」

「步行就可以了。走吧，有栖。」

兩人併肩走著，我問：「有靈感閃動嗎？」

「閃動得像火花，小心點別太靠近，否則會燙傷。」他好像邊走邊整理思維，不希望被打擾。

「去買什麼東西？」

「魔術道具。」

8

接近傍晚時，拍攝終於結束。怕冷的島本攝影師應該鬆了一口氣吧！如果沒有片瀨五郎的事件，外景隊應該能高興的離開食人瀑布，可是他們每個人臉上卻露出明顯的疲累神色，大概和警方要求他們在這裡再住一夜有關吧！

由於警方不是強制要求，他們決定住在瀑布下方的旅館，第二天再離開。我們也是一樣。在東北的山裡，這個季節到了下午五點，暮色已經很濃。

爲了慶祝殺青，出原晴雄和岸岡聰子在走廊向女侍應生點菜。

「辛苦啦！」女侍應生離去後，我對他們倆出聲招呼。

「啊，謝謝。」出原只是輕輕點頭。

「託你們之福，總算完成了拍攝。兩位教授好像也住在這裡……啊，另一位呢？」聰子問道，因爲火村沒有跟我在一起。

「火村好像還在上頭，應該是和名倉警部一起吧？」

「他眞的很熱心呢！不過，片瀨老先生應該是出意外沒錯吧？」

「不自然的地方太多了，若隨便當成意外處理，結果卻是犯罪事件，那麼兇手就逍遙法外了。」

「這就是所謂的伸張正義？」

我一時難以回答。因爲，我不記得火村曾說過「正義」兩個字。

但是她似乎不放在心上：「我必須去陪一下春奈小姐。晴雄先生應該比我更累，晚飯前何不去休息一會？」她溫柔的說完後，消失於走廊轉角。

「如果不介意，能陪我到瀑布散步嗎？」我靜靜開口。

「外面很冷的。」他好像不太願意。

「不會耽誤你太多時間的。」

照理他應該會拒絕，不過還是答應了：「那麼，不要太久。反正回房間也沒辦法一個人清靜。」

「我想也是。」

走到外面，旅館前就是河流。望向左右，在很難稱為馬路的冷清街上，住家都已沉入暮色之中，一片寂寥。現在是黃昏已逝的時刻，瀑布聲隨風傳來。

「拍攝現場常會發生各種麻煩，副導演的工作一定很累吧？」我閒話家常似的開口。

「沒辦法，都是一些被吆來喝去的工作。」

「即使這樣，夏天和冬天連續遇上有人死亡也真是不幸，難道電影人都揹負著宿命嗎？」

「那種感覺令人很不舒服，但是，就算認為不祥，會發生的事還是會發生，我們也無能為力。」

邊走邊望著左側的住家，有些已經關緊門戶了。會是空屋嗎？片瀨五郎死亡時帶在身上的火柴盒上所印的那家理髮店也是其中之一。整棟房屋傾斜，象徵理髮店的三色滾筒看起來好像從很久以前就停止轉動，如同墓碑一般。

不知不覺間，兩人皆沉默無語。經過了停業中的土產店門前，來到抬頭可以斜望到瀑布的位置。

只要越過左手邊的林中小徑，就能到達瀑布正面。不過，我並不打算去到那邊。

四周沒有人影。我們緩步前行，併肩站立沙洲旁。在愈來愈濃的暮色中，霧般的飛沫被風吹拂，緩緩的由右向左，瀑布鈍重的聲響聽起來像具有某種意志的貪婪之聲。

「光是想到有人從上面沖下來就毛骨悚然。」出原淡淡開口。

他會主動講出這樣的話讓我深感意外，因爲，我認定他就是殺害片瀨老人的兇手，也與加西好美的死亡有重大關連。可是，他卻主動說出這種令人全身顫慄的話……

他是想坦白一切呢？或是在嘲弄我？

我單刀直入地問：「這裡沒人會聽見，所以我就直接問了，令片瀨老人致死的人是你對吧？」

出原迅速抽出放在口袋裡的雙手，插在腰間：「你胡說什麼？想激怒我嗎？」

「我沒理由找你吵架吧？我這樣說是有根據的。你否認？」

「當然。因爲那位老先生不是死於誰的手上，他是自己跌下斷崖，爲什麼只因爲我們最接近就懷疑我們？」

如果他確實無辜，氣憤也是理所當然，但是我……不，是火村相信他有罪。

「請拿出證據來。雖然工作上被人頤指氣使，我還是有尊嚴的。」

這是理所當然。

「警方在片瀨五郎的屍體附近發現他隨身攜帶的火柴盒，而且是被雪掩埋住。這表示他跌落的時間是在雪霽之前，亦即昨天凌晨四點以前，因爲，在那之後就完全沒有再飄過雪。而且他陳屍在水花能濺到的位置，屍體上雖然沒有積雪，但也不能確定他不是在下雪時跌落。」

「那又如何？」他反問，但語尾顯得虛弱無力，可能已經慢慢瞭解到我話中的意思了吧！

「如果是在下雪時跌落，片瀨老人留在斷崖邊的腳印又是怎麼回事？這就代表腳印不是他自己留下的。」

出原嘴唇歪斜，一邊臉頰僵硬，應該是因爲情況產生劇變而咬緊牙根吧！

「那麼，腳印是誰、爲什麼、又是如何留下呢？」面對開始怯懼的年輕男人，我繼續逼問。我絕非虐待狂，因爲，直到剛才爲止，我也是問自己這些問題。

「能無條件接近那些腳印的，只有出原先生你一個人。」

「我爲什麼要做那種事情？」

「爲了讓所有人相信片瀨老人的死亡不是別人造成。借用一句你剛剛的話，就是讓警方認爲他不是『死於誰的手上』。」

「你只是在瞎猜！我實在沒辦法理解，你爲何會有這樣奇怪的想法？就算老人是死於他殺，腳印也是遭人僞造，你怎麼能就此認定是我做的呢？」

「除了你以外，沒有人在雪霽後去過對岸，能接近腳印的人只有你。」

「這點你剛才也說過，不過，那只是因爲我正好那天早上有事必須去老人家。」說到這裡，他停住了，彷彿正在躊躇著，如果可能的話，盡量不想說出。「留在現場的……只有一組老人走向斷崖的腳印，以及我來回的兩組腳印，我又如何僞造老人的腳印？如果我走過去，回來後又再走過去，只好永遠站在斷崖邊了，可是，我此刻站在這裡，那又是怎麼回事？」

奮力一搏的最後反擊。

與方才不同，好像是另一個人在說話似的，聲音完全沙啞了。他，再也掩飾不了心中的恐懼！

「你不打算自己說出來嗎？」我眞的很希望他這麼做。因爲，只有他知道究竟發生了什麼事，火村和我都只能憑空想像。

「我沒什麼好說的，你到底在期待什麼？」可能發現我逼問的矛尖變鈍，他恢復原來的聲調。

闇夜籠罩我們，瀑布逐漸融入黑暗之中，但是轟隆的聲響似乎變大了，從五十公尺高處沖下、潛入瀑潭深處的瀑泉再度化爲水流湧現，流近我們腳邊的沙洲。

「出原先生。」我叫他，並打了個冷顫。

「什麼事？」

「你看到那個嗎？」

望向我指的方向，出原的喉嚨發出奇妙的聲音——那是見到出乎意料的東西時所發出的驚愕聲。

「看起來好像是長統鞋。」我伸手浸入冰冷的流水中，拾起黑色長統膠鞋，舉至他眼睛高度。

「爲何這種東西……」他勉強擠出聲音似的喃喃說著。

我把視線回到腳邊。「又漂來了。」

同一雙鞋子的另外一腳彷彿有生命似的緩緩流向這邊。我同樣彎腰拾起。

「那個應該也是吧？」

我彎腰望向另一邊。

「那邊也有。」

好幾雙長統鞋像是受到吸引般朝我們流過來，從樹蔭的暗處陸續湧現。

「豈有這種……」

此刻的出原一定目擊了世界的變調，因爲，在他眼前發生了不可能出現的離奇情景。

「食人瀑布開始吐出它所吞噬的東西了。」我宣布。

流過來的長統鞋撞擊到我腳邊的岩石，打了個圈，停止不動。數量愈來愈多。

「你知道這種情景吧？應該知道吧！」

「我……」

「你絕對明白的，還是自己說出來吧！」

「不，可是……」

「不必去算，我也知道會有幾雙長統鞋漂流過來。」

出原雙手掩面，當場蹲下。看樣子受到的打擊相當大。

火村從樹林裡走出。

「精靈漂流已經結束。」他說著，將手上的長統鞋丟在自己腳邊。

9

我和火村站在昨天出原蹲著的同一位置。

瀑布今天還是同樣轟隆響著。

「他並不是故意要推落加西好美，只是開玩笑的想讓大家嚇一跳，亦即，加西好美走在斷崖邊留下腳印後，沿著岩石堆往上游走去，他則跑去通知大家『加西小姐好像掉進河裡』，等眾人驚慌失措時，加西好美才出來問『怎麼回事』，只是純粹的惡作劇。

「但是，沒想到卻出了差錯。在岩石堆準備拉住加西好美時，出原腳步踉蹌，導致加西好美跌落河中，於是他害怕了，沿著岩石堆逃走。他並無殺人動機，這樣的說法應該能採信。名倉先生也這麼說。」火村叼著香菸說。

「結果卻被片瀨老夫人看見？」

「沒錯。見到在對岸驚駭不已的片瀨老夫人，他慌忙跑過去制止，威脅『這是意外，如果妳亂說話，我會讓妳再也沒辦法安心睡覺』。這是因為加西好美曾告訴他，她父親『雖然被世人稱為流氓，卻非常寵愛自己』，如果被她父親知道眞相，他絕對會吃不完兜著走。這應該也是事實吧！」

「他一定很兇狠地威脅，因此片瀨老夫人嚇壞了，保持沉默。只不過，臨終之際因爲受到良心苛責而告訴丈夫……」

「結果她丈夫以此爲勒索把柄。」

「但是，沒有證據證明是出原所爲吧？」

「雖然沒有證據，片瀨卻執拗地不斷利用電話威脅，最後出原怒罵『沒錯，若不是我腳步踉蹌，她確實不會死，可是，你沒有證據吧』，但這些話卻被片瀨五郎錄下來。就算這種錄音在法律上不能作爲證據，可是如果交給加西好美的父親，後果絕對會很嚴重。」

「他眞的被逼到這種程度？」

「他說，受到片瀨五郎不斷用電話威脅後，終於無法原諒對方。你也知道，即使在命案前夕吃晚飯時，片瀨五郎還講了食人瀑布半夜裡傳來哀叫聲的事，不是嗎？那是企圖讓出原產生不安……爲了和老朋友一起住在安養院，片瀨也是豁出去了。」

「所以才僞裝成自殺或意外事故而殺人？」

「他認爲，如果腳印在雪地上持續至斷崖邊，而屍體掉落斷崖下，警方應該也會受騙。」

「他是聽了氣象預報，挑選半夜裡會停止下雪的日子行兇？」

「不，應該是只要下雪就可以吧！反正事後馬上回去叫同伴前來，說『你們看』，讓他們見證，結果還是相同。」

「問題是，他如何留下單程的腳印？」

「那是我想出的點子，不能確定他也同樣想出。」

「你指的是魔術道具的二十雙嶄新長統鞋？」

「是二十一雙。還必須準備被毆打後丟下斷崖的片瀨老人腳上所穿的那一雙。」

黎明前，老人並非脫下新的長統鞋，而是被穿上。

火村說要買魔術道具，結果卻買下了店裡所有的長統鞋時，我就知道有事情要發生了。

「出原偽稱要秘密交易，深夜前往片瀨家，趁隙擊倒對方後，扛到斷崖邊丟下。他唯一估算錯誤的是，片瀨掉落後還有一絲氣息，企圖用血字寫下兇手姓名，導致警方懷疑並非意外事故。

詭計是這樣。

下雪期間他完成兇行後，穿上長統鞋從片瀨家後門走到斷崖邊，每走一步，他就脫下鞋子，換上另一雙鞋。身材瘦削的他和老人體格神似，當然沒有不自然之處。而且他是先將二十雙長統鞋裝在大袋子中，和各種道具一同放在小貨車內。如此一來，他走過的腳印旁就會有二十雙平行的長統鞋腳印了。」

那應該是有如透明人在前進似的奇妙景象吧！

「留下二十雙長統鞋的來回腳印後，他回到被窩裡睡覺。第二天早上，他照預定前往片瀨家。雖然明知老人躺在斷崖下已死亡，爲了留下他發現腳印而至斷崖邊見到屍體的腳印，他還是走向斷崖，並將那二十雙長統鞋收回袋中，再從斷崖丟進河裡。他相信食人瀑布會吞噬證物。」

瀑布沒有背叛他，二十雙鞋可能永遠再也見不到陽光吧？如果他沒被火村和我設下的形同惡作劇的圈套所迷惑，他可能直到最後仍會相信瀑布。

「我終於明白他爲何不把屍體丟進河中，而讓屍體掉落在岩石上的理由了。」

「哦，創作能力恢復了？」他仍叼著已變短的香菸。

「因爲，如果想留下腳印至斷崖下面沒有岩石的地方，二十雙鞋並不夠，勢必需要更多雙鞋。」

（請參照前面附圖）

「那麼多雙鞋一定很難攜帶。」

「而且鞋子愈多，重量也愈增加，會留下太深的腳印。」

「那就變得太誇張了。」

火村把菸屁股丟進流水中。

「警部幫我們準備了回家的車子，我們走吧！」

黑色皮外套的衣襬旋動，他邁步往前走。

我跟在他背後回頭仰望著食人瀑布。

吞噬人類悲傷而不倦的瀑布，今天仍聳峙在陰霾的天空下。

蝴蝶飛舞

1

「偶爾也想去山陰一帶吃個螃蟹啊！」

探望過罹患肺炎、在山科的醫院住院的房東婆婆後，回程的電車上，火村助理教授忽然低聲自言自語。

「嘿！」我有點驚訝：「火村教授居然會想來趟美食旅行，眞是稀奇。」

我和火村是從大學時代就彼此投緣的好朋友，經常前往他在北白川的住處，也受到老婆婆許多照顧，所以陪他一同前往探病。

「我也是個平凡人，同樣有平凡人的欲望。」他不在意地回答。

不過，爲什麼會忽然想到山陰的螃蟹，洞察力豐富的我還是能夠理解，只是直接點出有些無趣，所以丟出一個謎題。「一降下驟雨時，犯罪學家就想吃螃蟹，對嗎？」

火村皺著眉頭：「什麼意思？」

「只是所謂蝴蝶效應的一個例子吧！用日本文化來說明，應該就是颳風時，賣桶的人就賺錢。」

聽我這麼說，他的臉色更難看了：「你說的蝴蝶效應是指這個嗎？今天蝴蝶在北京飛舞，下個月在紐約出現的暴風雨就會有所變化？」

沒錯，這是以研究充滿不確定性的無法預測事項爲對象的混沌（chaos）理論入門書一開頭就介紹的名言，也是最容易吸引人們興趣的專業術語。在「侏儸紀公園」中登場的混沌（chaos）理論專家也曾講過這個名詞。

「不錯。」

「有栖，嚴格說來，你的譬喻並不正確。所謂蝴蝶效應指的是事物開始時的微小偏差，在其發展期間逐漸擴大爲巨大差異，也就是『對初始値敏銳的依賴性』。颳風時，賣桶的人就賺錢只不過是很難發現因果關係的例子，兩者意義完全不同。」

哼！社會學院的助理教授連這種事也能知道才眞的是無法預測！

本來很想得意洋洋地解說卻碰了一鼻子灰，只好看開點了。「我指的是這幾天在我周遭發生的現象。首先，忽然下起驟雨，婆婆慌忙地想把晾曬的衣服收進來，結果因爲被雨淋濕而感冒……」

「這種情形又不是只限於我租住處的老婆婆。」

「你靜靜聽我說。婆婆因爲感冒而罹患肺炎，然後在有親戚任職醫師的山科的醫院住院。這時，自學生時代就開始住在老婆婆那裡、目前仍爲孤家寡人、一直受到其照顧的犯罪學家火村英生助理教授就經常前往探望，送上生活必需品，利用平常不會搭乘的ＪＲ電車。一旦搭乘電車，自然會見到車廂內的廣告或車站的海報，而且，這個時期以邀請觀光客前來吃螃蟹的北陸或山陰地方的觀光海報最多，如此一來，就產生了『偶爾也想去吃個螃蟹』的念頭。」

「眞是無聊！『颳風時，賣桶的人就賺錢』的例子雖然無趣了些，卻比有栖川有栖的品味高級多了。」

「是嗎？其實，我並不喜歡『颳風時，賣桶的人就賺錢』這句諺語。」

颳強風時，沙塵滿天飛舞，眼睛因而失明的人很多，這些失明的人紛紛開始學三味絃，三味絃一流行，爲了蒐集皮料，製作者就會胡亂抓貓，貓大量被抓，老鼠就開始大量繁殖咬壞桶子，所以賣桶的人生意鼎盛。這樣的觀點雖然有趣，可是我有些不能釋懷，因爲，颳起讓很多人失明的風乃是重大事件，與賣桶人所賺的小錢根本不能相比。

我這樣說明後，火村馬上表示：「同感！」

「我的話沒錯吧？」

「我想，還需要喚醒大家關心貓被抓之後的悲劇。」飼養兩隻流浪貓的他補上一句。

不錯，我還沒想得如此澈底。

「螃蟹嗎？我也被勾起食慾了。」抬起頭，兩隻大螯向我們招手（？）的螃蟹照片和越前海岸幾個大字映入眼簾。「好，就去北陸。」我幾乎是反射性的說。

我不曾去過冬天的北陸，情不自禁湧起大量期待，更何況那裡還有溫泉。

我心想，自己會不會太擅做主張呢？望向火村，他已經從皮外套內袋掏出記事本翻開，似乎在考慮如何調整行程。

2

雙方都迅速調整過自己的工作後，決定了到越前吃螃蟹的兩天一夜行程。我負責電車的訂位和旅館房間的預約，一切準備就緒後，就等著當天來臨。

我訂的車次是上午十點四十分從大阪開出的超級雷鳥19號，十二點三十七分抵達福井。接著在福井轉搭京福巴士前往越前海岸國家公園中的鷹巢海岸。在寒風裡發著抖觀賞海岸之美雖然不錯，但是……太早抵達旅館又不知該如何打發多餘時間，所以決定在搭乘巴士前先至福井市內觀光。可能會去參觀車站附近的福井舊城遺跡和另外一處名勝，而且，福井的蕎麥麵應該不錯，午飯就吃蕎麥麵好了……

我就像這樣在腦海裡大略盤算，只不過，計畫通常無法如願……

儘管完全沒有睡眠不足的困擾，我仍是睡過頭，於是幾乎是一開始就在補修計畫。

因為忘記設定鬧鐘，醒來已經是九點半過後，我臉也沒洗的提起旅行袋，慌慌張張地衝出夕陽丘的公寓住處，搭乘地下鐵至東梅田，再氣喘吁吁地沿著地下街跑向大阪車站。奔上月台時，開車的汽笛聲已經快要響完，才踏進車廂，車門就在背後關閉。

雖然先前寫說「補修計畫」，不過現在勉強趕上電車，應該更正為，在這個時間點尚未出現需要變更預定行程的狀況。

站在兩節車廂之間，我先喘了口氣。正打算進入車廂內，身體跟著轉變方向的時候，手上提著的旅行袋甩動過度，打到了站在靠月台的另一側門前、背向這邊站立的六十歲出頭的男人腰部。

「唔！」對方呻吟出聲。

反作用力下，我也發覺旅行袋撞到人，立刻道歉。「對不起，不要緊嗎？」

「不，沒關係。」對方只是這麼說著，既未責怪我的粗心大意，也沒有轉過頭來，繼續望著靠向另一邊月台的車窗外。看樣子腰部好像不怎麼疼痛，雖然以右手撫摸被旅行袋撞到的部位，視線卻毫未移開。

我感到好奇，他究竟在看些什麼呢？忍不住循著他的視線望去，發現對面月台並無任何出奇處。雖然很在意他鼻尖緊貼車窗玻璃的樣子，不過並未被勾起唐突地想詢問對方「你在看什麼呢？」的強烈好奇心，所以小心翼翼注意旅行袋，就這樣進入車廂內。

載客率大約五成左右。我拿出車票，確認自己的位置後坐下。總算可以安心了，火村是由京都上車，還好沒被他見到這種醜態。在抵達京都之前，我應該已經調勻呼吸，裝出一副若無其事的模樣了吧！

過了淀川鐵橋後，後方傳來車廂門被推開的聲音，我取出車票準備接受驗票。但是，照理說，列車在離開新大阪前是不可能驗票的，回頭一看，進來的並不是車掌，而是剛剛被我的旅行袋撞到的男人。

我心想，到了現在才進入車廂，可能是上洗手間吧？

我本來以爲他會經過我的座位旁，想不到他卻坐在隔著走道的鄰座。他把手提包和風衣放上網架後，瞥了這邊一眼，與我視線交會，因此我輕輕點頭招呼：「剛剛很抱歉。」

「不，沒關係。」他好像爲了讓我安心似的浮現微笑。和善的眼睛在厚厚的眼鏡鏡片後面瞇成一條線。臉上皺紋很少，皮膚光澤而健康。

既然他表示沒關係，我也沒有什麼多餘的話可說。

他坐下後，似乎想起了什麼事，再度站起，伸手從網架上的手提包裡面取出報紙。

我一直斜眼望著他，不過這時候怕彼此視線又交會，趕忙將視線移回車窗上。

他的態度並無特別怪異的地方，不過我仍然很在意他方才到底從車窗看到什麼。雖然當時只見到他的背部和側臉，可是感覺上好像受到某種打擊而非常震驚。我忍不住想，如果問他在害怕什麼，或許會是能應用於推理小說中的有趣回答吧！某人因某件事感到驚愕之餘遭人殺害，他死前究竟是看見什麼而那樣震驚？單是這項充滿魅力的謎團已足以構成一篇推理小說了。因爲，像阿嘉莎•克莉絲蒂等人就是只憑著這樣的點子就撰寫出好幾部長篇小說。

但實際上，眞要去詢問對方還是有很大的心理障礙。我聽著走道另一邊傳來翻閱報紙的沙沙聲，自己也從旅行袋裡取出文庫本小說閱讀。

電車抵達京都時，旅遊計畫很明顯出了問題。我本來以爲火村會站在月台上揮手，可是，月台上看不見他的人影。正覺得奇怪時，電車開始動了。我靜靜等待，以爲跳上其他車廂的他會不好意思地說著「啊，眞危險，差點就趕不上了」，邊走入這節車廂。但是，他終究還是沒有出現。

他沒有趕上列車！不是像我差一點沒有趕上，是眞的沒有趕上。

約莫三十分鐘以前，我抱著不是生就是死的悲壯心情衝上電車，可是我的白痴朋友居然遲到而來不及上車！好不容易買到的指定席車票就這樣泡湯了，實在太可惜了！早知如此，買自由席車票就好，反正空位子多得是。

但是，已經過去的事後悔也沒用，重點在於如何處理這個突發事件？

火村帶著自己的車票，也知道今晚的住宿地點，應該晚一點就會趕到吧？雖然在旅館碰面之前，彼此必須意外的獨自旅行，不過只是單程的獨自旅行豈非也是種樂趣？想吃蕎麥麵就吃，想參觀舊城遺跡就參觀，完全地隨心所欲。反正，我一向就喜歡單獨旅行。

想到這裡，我的心情開始輕鬆了，把椅背稍微往後傾斜，伸直雙腿，茫然望著在陰霾的天空下，山科的老婆婆住院的醫院逐漸遠去，想著滋賀縣和福井縣境內今天應該也飄著雪吧！就在這時，視線一隅忽然見到走道另一邊的男人手按腰部正在揉搓。

我反射似地問：「對不起，還在痛嗎？」

「咦？」對方愣了愣，回頭看我。

「你的手揉著被我撞到的部位，是否不舒服？」

「手……啊，不是的。」他微笑：「只是有一點癢。你的旅行袋撞到的不是這兒，而且已經沒事了。」

他的話是完全的標準語腔調，聽起來不像北陸地方或關西地方的發音。

「那就好……」

「請不要放在心上，因爲我自己當時也在發呆而沒有注意。我是爲了別的事情分心……」

本來已經放棄的事情似乎又有了轉機，我提出當時的疑問。

「這麼問或許很失禮，但是，你當時緊盯著對面月台，那邊有什麼東西嗎？」

「是的，我剛好見到熟人。」

「啊……」我非常失望：「原來是這麼回事。」

半點都不有趣，我竟然會期待那是能用在小說中的意外眞相，實在是太幼稚了。

「如果只是一般朋友，我也不會那樣震驚，但那卻是三十五年未曾見面的人，才會嚇一大跳。」

「哦，原來如此。」我說，接著問及自己無法釋然之點：「即使這樣，能認出對面月台的人是三十五年前的某人也眞的不簡單！當然，我才活了三十四歲，是不太能體會。」

話說出口，我忍不住想，這樣的問話方式會不會太沒有禮貌了呢？

不過對方深深頷首：「你這麼說也沒錯，連我自己都很佩服自己，在經過三十五年的歲月後居然還可以認出對方。」

那人多大年紀了呢？如果三十五年前是嬰兒，就算見了面應該也不認得吧？

「對方是兩個人，一位是男性，和我一樣，今年五十八歲，另外一位是女性，五十五歲。」

「也就是說，你們最後見面時，男性是二十三歲，女性則是二十歲？這樣應該是能認得出來。」

雖然無法體會，但總算能理解了。若是年過二十，五官輪廓應該不會有太大改變，何況對方又是一對男女。

「不過，好不容易見到懷念的人卻沒有辦法打招呼。」

「是呀！」他彷彿打從心底感到遺憾，加強語氣：「眞遺憾，完全沒機會打招呼。看見行蹤不明三十五年老朋友，不但無法詢問連絡地址，連叫個名字都沒辦法，也許這輩子再也見不到面了。」

說著說著，可能又產生新的感慨，他的聲音逐漸悄然。

「可是，兩個人看來都很健康，而且很幸福的樣子，手裡牽著應該在讀幼稚園、不知道是兒子或孫子的小男孩……」他的語氣恢復原來的開朗：「感覺上不像出門旅行，或許是去拜訪住在附近的朋友吧！」

他的視線望向遠方，突然說出令人意外的話：「那兩人在三十五年前的某一天，突然在我們面前如煙霧般消失，所以雖說無法打招呼，能見到面也恍如在作夢。」

「所謂的如煙霧般消失，指的是不是昔時的流行語『蒸發』呢？」

他微笑：「與其說是失蹤，還不如說是蒸發來得恰當。那時我眞的認爲，他們難道蒸發了嗎？因爲前一天晚上大家還在一起，到了天亮他們卻消失無蹤，連庭院或沙灘上都沒有留下任何腳印就這麼消失。我眞的覺得非常不可思議！」

這位途中偶遇的陌生人是不是說了很有趣的事？

「所謂庭院或沙灘上都沒有留下任何腳印到底是怎麼回事？如果方便，可以告訴我嗎？」

3

以下是那人所敘述的內容——

※

有栖川有栖是很奇怪的名字，讓我想起幕府末年的一位親王，會不會你們之間有關係？沒有嗎？那我就放心多了。

我姓西松，從事進口雜貨批發，三十年前因爲各種原因來到大阪。故鄉在福井縣。就讀東京的大學，也在那裡任職，所以二十多歲那幾年幾乎都在東京生活，我要談的蒸發的兩位男女的故事，也是我在東京生活時所發生的事。

三十五年前就是昭和三十五年，西元一九六〇年，正好是我大學畢業那一年。有栖川先生當時應該還沒出生，因此可能無法瞭解當時的局勢吧？那年年初，日美安全保障條約重新簽約，也就是六〇年反對安保運動如暴風雨肆虐的那一年，年終時，電視和報紙都以「激動的一年」作為當年的回顧。昭和三十五年確實是動亂的一年，甘迺迪在那年當上美國總統，池田勇人擔任首相提出所得倍增的口號也在那一年。歷經了岩戶景氣（註：一九五八年到一九六一年間，日本工業開始投資高效率的設備而導致經濟成長的時期），日本的經濟終於開始急速成長。

雖然我前面說我是大學畢業，事實上卻是輟學，並非眞正畢業。不，與安保鬥爭毫無關連。我是個澈底不涉及政治的學生，不贊成美國帝國主義或蘇聯的史達林主義，但也沒有特別反感，這點從以前到現在完全沒變。我應該是屬於那種周遭情緒愈高昂，自己就愈冷靜的清醒型人物吧！

輟學的原因之一是對學校產生厭惡，但是，更重要的理由是，我從前一年和朋友開始經營的爵士咖啡廳出乎意料的生意興隆，讓我對從事生意產生興趣，也覺得當個上班族實在很愚蠢。

雖然只是在大久保車站附近、面朝巷弄的一家小小店面，卻也是人潮聚集處。出資者是姓須貝的朋友，他是老家在鎌倉的富家少爺，根本不在乎賺錢或虧本，對他來說，經營爵士咖啡店純粹只是一種遊戲，一種樂趣。

所謂的青春時代，每天都是快樂的日子。我從只有四蓆半榻榻米的單房租處搬到一間還算體面的公寓，也買了一台不錯的電視機，當時自以為有經營的才能，完全感受不到以客戶為主的生意有什麼辛苦，經營了約半年，幾乎成爲朋友的常客也增加了不少。

這群常客中包括雙葉誠和布施燿子。沒錯，就是那兩人，剛才我在大阪車站睽隔三十五年見到的那對男女。每次布施小姐用她那撒嬌的聲音說「誠，砂糖給你」時，我和須貝都會在櫃檯內鼓掌，喊著「眞熱情呢」。那是讓人非常有好感的兩人。很多人都在背地裡說「能彼此契合的那樣完美，實在令人羡慕」。

我和須背不涉及政治，可是雙葉卻不同，雖然忘記他是幾年級的學生，卻記得他就讀某私立大學法學院，屬於全國學生聯盟的反主流派，儘管在我們店裡只是談些言不及義的話題，也避免牽扯到政治，不過聽說他相當熱衷於參加學生運動。前年十一月曾參加阻止安保統一行動的示威遊行，也衝入了國會大樓。皮膚很白，留著一頭有如女孩子般的漂亮長髮，眼眸裡散發出在最近的大學生身上幾乎看不到的熱情神采。

毫無政治立場的中輟生居然會美化當時的學生運動，有點奇怪吧？哈、哈、哈。

布施燿子是和他同一所大學的學生，同樣也是頻繁參加學生聚會和示威遊行。本身是橫濱某中型企業董事長的女兒——最小的女兒，她常笑著說「參加示威遊行的事被爸爸知道了，打了好幾個耳光呢」。雖然老是喜歡像小女人似的撒嬌，但那只是表面而已，事實上卻是個頑固又有強烈意志的人，不會因爲受到父母處罰就退縮，只是終究不敢讓家人知道自己男朋友是全國學生聯盟的鬥士。

另外還有其他有趣的客人。譬如在新宿車站前替人家畫肖像畫、每天只靠麵包和蕎麥麵過日子、一心一意想成爲畫家的男人，他明明一年到頭都餓著肚子，卻毫不吝惜喝咖啡的錢。另外還有一對走在路上時，路人必定會回頭呆望的美麗姊妹花。

我很快樂地經營著咖啡店。但是，某日，雙葉出事了。那是早春時節，也不知道是運動的方向性不同，或是意識型態有分歧，他在組織裡受到嚴厲批判，好像被許多人毆打，臉上留下了瘀青。當時正值衆議院表決之前，阻止安保的國會請願與國會前的靜坐抗議等反對行動正日益狂熱，他卻因爲對周遭同志失望，於是主動退出學生運動。當然，他並不是就此放棄，而是對共產黨指導下的反主流派產生疑問，暫時中止相同型態的活動。

我雖然不知道是怎麼回事，但也知道情況好像很嚴重。

發生這件事之後，須貝建議「暫時忘掉美國、蘇聯或安保什麼的，我們找幾個氣味相投的朋友一起去度假吧」。當時正值即將決議是否簽署安保條約的緊要關頭，我本來很擔心雙葉會怒斥「別開玩笑」，但他卻馬上同意「不錯啊」。可能因爲他正處於苦惱和迷惘之間，也希望能放鬆一下心情吧！

抱著好事不能磨的心理，我和須貝開始向同行可能性較大的常客們遊說，成功的邀集了三個人，就是先前提過的窮畫家和美女姊妹。與其說他們是常客，不如說是朋友，所以可以清楚記得他們的姓名。畫家姓榊原，美女姊妹則是關根靜子和關根眞理子。靜子是丸之內某大企業的ＢＧ——當時還沒有ＯＬ的稱呼，眞理子則就讀裁縫學校。當然，雙葉的戀人布施小姐也一起去。這次旅行是從五月二十二日至二十四日的三天兩夜之旅。地點在伊豆半島西方的海邊小村。雖非享受海水浴的季節，但因爲我和雙葉喜歡釣魚，同時大家也表示，能吃到海鮮又能度假是一種享受，所以決定以低廉的支出住進須貝遠親所經營的旅館。我們先搭乘電車至下田，然後分乘兩輛車，約三十分鐘後抵達目的地。

當時正值連續假期已結束的淡季，旅館裡只有我們一組客人，大家都很高興不會有外人打擾。住入當天的晚餐時刻前，我和雙葉拿著釣竿前往附近的釣場。其他人有的在海邊散步，布施小姐也在其中。

我對雙葉說：「你不陪她嗎？」

他笑著回答：「她唯一無法理解的是我爲什麼喜歡釣魚。」

雖然未談及學生運動方面的話題，他卻告訴我很多事情。譬如在國會門口衝撞警察的他有個黑道哥哥，兩兄弟都讓父母擔心；或者，雖然想過要和布施小姐結婚，不過對方雙親應該不會答應，而自己也沒自信能讓享受物質生活的她過幸福日子等等，我只是當個聽衆的角色。但是說著說著，可能因爲心情冷靜下來的緣故，我記得他的表情逐漸轉爲開朗。

晚餐後，大家一起玩遊戲，邊喝酒邊閒話家常。這一天，就這樣沒發生任何怪事的過去了。

翌日，我們向旅館借車至附近繞繞。途中，靜子和眞理子姊妹很難得地吵了一架，但仍是一次愉快的兜風。正午過後回到旅館，我和須貝去釣魚，雙葉則和布施小姐出去散步。剩下的三人裡，榊原在岸邊寫生，關根姊妹在旅館裡看書和午睡，很悠哉地過了一個下午。傍晚大家一起吃飯時也很平常，想不到當晚會發生那樣的事……

事情開始於晚飯時，旅館來了一個男人。我們穿著休閒服前來，那人卻是穿鬆垮的灰夾克搭開襟襯衫，手上抱著似是用來放置文件的薄皮包，眼神游移不定，好像隨時都在窺伺周遭的反應，乍看約在四十歲上下。

他說：「我已經吃過晚飯，希望住宿一晚，同時附帶早餐。」

由於有很多空房間，旅館老闆回答：「沒問題，請進。」

「打擾了！」他進入。

隔著玉暖簾和正在餐廳吃晚餐的我們視線交會時，他點個頭算是打招呼，彷彿在估掂份量般瞥了我們一眼後，被老闆帶進裡面房間。

「一直盯著人看，感覺眞差！」眞理子小姐低聲說。

靜子小姐表示同感。

「是那種在城市裡幹了壞事逃來這兒的臉。」榊原感興趣地說。

關根姊妹神色忽然轉為不安，齊聲問：「幹了壞事？什麼樣的壞事？」、「搶銀行？總不會是殺人犯吧？」

「不，正好相反，應該是刑事吧！是刑事專有的眼神。可能是追查犯人而來。也許我們之中有人做了什麼壞事？」榊原說。

須貝接著：「不會是雙葉做出太過偏激的行爲而被通緝吧？」

我心想，就算是開玩笑也未免太沒禮貌了，希望雙葉不會放在心上。一看到他時，才發現自己是杞人憂天。

他滿臉笑容地說：「我還沒大膽到那種程度。」

我正要鬆口氣時，他身旁的布施小姐的樣子卻讓我再度緊張起來。她用手摸著一邊臉頰，不安地低頭。難道雙葉表面上若無其事，其實卻有過令她擔心的行爲？我忍不住想，若那男人的確是刑事，而且是前來緝捕雙葉，那我們就必須想辦法幫他逃走。問題不在對或錯，在雙葉是我的朋友，而我喜歡他。

三十五年前那晚所發生的事情，我到現在還記得非常清楚。可能是刻意等我們度假結束吧？雨從傍晚便開始下，但卻是感覺很舒服的一個晚上。榊原喝醉後開始唱色情歌曲，女性們要求趕走他，他合手道歉，靜子小姐幫大家看手相等等，這些現在仍能鮮明地完全回想起來。她也看了我的手相，表示我「財運不錯，晚年生活幸福」，我聽了很高興，但是，更高興的是能碰觸到她那白嫩的手。

到了應該就寢時，眞理子向我招手：「你過來一下。」

我充滿期待，不知道會有什麼事，她說有話想私底下問我。

到了走廊的陰暗角落，她問我：「聽說須貝先生和人家相親，是眞的嗎？」

「不。」我回答。

「那太好了！」

看樣子，這對姊妹都對須貝有好感，而白天姊妹倆吵架，也是因爲姊姊要妹妹退讓，妹妹卻不答應。

我雖然很失望，可是我知道自己長得沒有那傢伙英俊瀟灑，家裡也不像他家那麼有錢，只好嘆息著絕望了。

雖然發生這麼多事情，但最後仍是男女分成兩個房間睡，並在十二點前上床。由於喝了酒，加上前天熬到半夜，我睡得很熟。

翌晨，令人震驚的事情發生了——雙葉和布施小姐不見蹤影。

最初，我們都以爲他們是一大早出去散步。可是到了早餐時間仍沒有見到人，大家開始覺得有點奇怪，便告訴旅館老闆。

他大吃一驚，肯定地表示兩人並未外出。「房門都鎖上了，既不可能從玄關或後門出去，更不可能從敞開的窗戶出去。」

雖然沒必要像小偷般從窗戶溜出去，我們仍追問爲何不可能，他表示，如果這麼做，一定會留下腳印。

我們吃著早餐，一方面覺得奇怪，一方面認爲兩人或許不久後就會回來。當然，因爲兩人的行李都不見了，我也想過是否爲了某種原因而提前回家。

果然不出所料，吃完早餐後，兩人還是沒有回來，而且從那時之後，兩人從此沒再出現在我們眼前，直到剛才在大阪車站爲止……

4

電車行駛在琵琶湖西北岸，即將接近雪國縣境。

西松沉緬在年輕歲月的回憶裡敘述著。他的聲調平靜，完全不觸及私人感情，卻也不沉悶，不過最重要的兩人「蒸發」部分太平淡，讓我不得不另行追問。

「確實是很奇怪！若以那種方式分手，就算是我，在對面月台見到友人，一定也會大驚失色。」

我先窺伺對方的反應。「無法從玄關或後門離開？」

「是的。旅館老闆說兩邊的門都嚴重受損，早就想修理了，因此清晨或半夜裡有人出入時，他們必須非常注意，更何況先前也提過，所有的門戶完全緊閉。」

「那麼，從窗戶出去呢？我不明白無法這樣做的理由。」

「大家都認爲不可能，因爲並未留下腳印。」

「怎麼說？」

他的視線又移向遠方：「我說過當晚有下雨吧！雖說在半夜停了，但那場雨卻讓旅館四周一片泥濘，如果有人進出，絕對會像蓋印章般留下腳印。」

這樣的話，就算沒有緊閉玄關或後門，結果還是相同，不但不可思議，謎團更是難解了。

「只有一扇沒有朝向庭院的窗戶。」西松接著說：「那扇窗戶也沒有上鎖……」

「那樣的話，不能認爲是從那裡出去嗎？」我馬上打斷他的話。

「這件事很難簡單解釋清楚。那家旅館建於沙灘上如屋簷狀突出的土地上，所謂沒有朝向庭院的窗戶就是指能直接跳到沙灘上的窗戶，沙灘表面雖然乾了，但畢竟是下過雨以後，而且距離滿潮潮水可及之處超過二十公尺，只要走在上面應該就會留下腳印。」

我一時說不出話來。被雨淋濕的庭院和沙灘——那麼，當天晚上旅館豈不是形同密室？

「不留下腳印地沿著跳石般的碎石塊離開嗎？或者，利用繩索？」

西松再度瞇著眼睛笑了，彷彿在說：你怎會講出這種奇怪的話？

「沒留下足跡而離開當然令人無法理解，可是，事實上就是這樣的狀況。若利用繩索的話，至少要有一百公尺左右的長度吧？就算有辦法準備，附近卻沒有可以支撐之物。」

西松拿出插在胸前口袋的鋼筆，在看過的報紙空白處迅速畫上附近的略圖後，遞給我：「那邊的地形是這樣。」（見下頁）

我的心跳加快了。這是有可能的事嗎？在這種情況下？

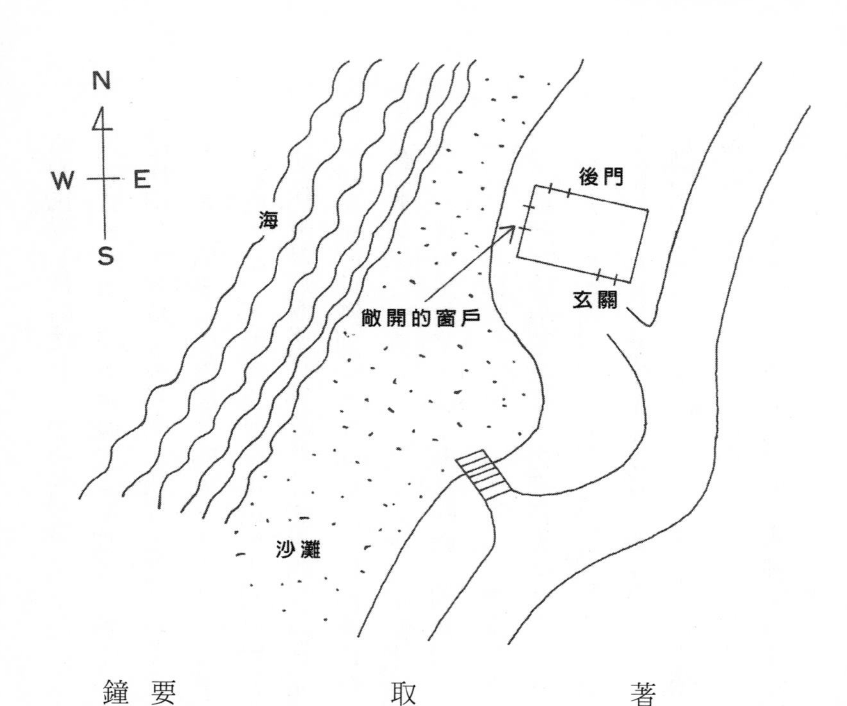

「無法直接跳入海中？」

「距離太遠，不可能。」

看圖應該就能瞭解的確如此，何況，手上還提著行李，爲什麼要刻意跳入海裡？

「那麼……」我開口時，頭頂上方響起鈴聲。

「是電話吧？」西松指著我說。

我居然把行動電話忘在摺疊好的外套口袋裡。

「不好意思。」我制止還想說些什麼的西松，取出電話，走到車廂之間的入口踏板。

「喂、喂，是我。」火村打來的電話。

我拿正電話，心想，到底是怎麼回事呢？

「因爲……」

才講兩個字，電話就斷了。可能有非常緊急的要事吧！反正他一定會再打過來。我等了約莫五分鐘，他果然又打來了。

「我接到醫院的連絡，說婆婆從樓梯上跌倒，於是立刻趕去，結果沒搭上電車，抱歉。」

正常人從樓梯跌下有時都會受到重傷，別說是年邁又生病的老人了……

「沒關係。婆婆不要緊嗎？」車廂傳來列車即將抵達敦賀的吵雜廣播聲，我塞住左耳問道。列車車速已經相當緩慢。

「只是稍微跌傷，不必擔心，反而是身體痊癒到能四處亂逛這點比較令人安心。其實是護士判斷錯誤才打電話給我。對了，我會搭乘晚幾班次的雷鳥號過去，在旅館碰頭吧！」

「知道啦，旅館見。」

講完電話時，列車剛好抵達敦賀車站。我側著身體讓下車的乘客走過。電車重新開動後，我一直望向自己的座位，卻一時無意識地望向月台……

「喂，等一……」

只見西松瞇著眼睛朝我點頭。

到底是怎麼回事？

雖然是我錯估火村打電話來的時間，但是，早知道他是在敦賀下車，我會仔細考慮談話時間的分配。誰管他關根靜子的手是不是白嫩？須貝長得是不是英俊瀟灑？談話重點一定是擺在解開事件眞相的關鍵上。如果我更加詳細詢問當時情形，應該可以找到解答的靈感……而且，中途闖入、穿著開襟襯衫的男人又是何方人物？我忍不住想跳腳了。這情形就如同解謎篇未裝訂入冊的推理小說，簡直就是四不像！半點用處也沒有！

飄著細雪的敦賀車站轉眼遠去。

5

在可以容納無限多人吃螃蟹的廣闊房間裡，連一點聲音都聽不見——經常有人指出這點。火村和我彷彿也忘記對方的存在，持續地默默啃著螃蟹。

「我在來此的電車上聽到奇怪的話題。」等吃完所有的料理，我提起西松所說的、如斷尾蜻蜓般的故事當做餐後點心。

「是什麼？」火村不以爲意地反問。

「是推理作家想不出結局的故事，請火村教授把它當作飯後運動，幫忙推理。」

「眞是不解風情的傢伙！我在肚子吃飽時不想動腦。」

「大爺，請別說這種話，您當作臨床犯罪學家進行犯罪研究，幫忙分析一下吧！」

助理教授搔抓著裸露在浴衣外的胸口，顯得有些困擾。

我任性地開始說明。從旅行袋撞到因爲睽隔三十五年的重逢而心不在焉的西松開始，直到他所述的事件經過——包括他對青春時代的懷舊部分皆未省略，同時畫出西松所繪的現場略圖。

火村啜飲著鍋旁涼掉的咖啡，眼皮沉重似的垂下，不過聽他時而漫哼出聲，可以知道他確實有聽我說話。

說完自己所知的一切後，我性急地要求解答：「如煙霧般消失的兩位男女在經過三十五年的歲月後忽然再度出現，這究竟是怎麼回事？」

火村打了個大呵欠：「如果一直生活在這個國家，總會偶然重逢的，沒什麼好不可思議的。」話是這樣講沒錯，但……「偶然重逢是無所謂，重點在於，三十五年前他們如何從西松等人的眼前消失。」

火村略微撐起腰，重新坐正身子，望著我所繪的現場略圖，似乎終於打算認眞檢討：「旅館四周的庭院被雨打濕，沙灘也濕透，可是，兩位男女卻未留下足跡而逃走嗎？」

「不是逃走，是消失。」我更正爲更精確的表現方式。但是他卻堅持「應該是逃走」。

「爲什麼不是消失而是逃走？」

「我也不知道眞相，純粹只是猜測。」

和我完全摸不著頭緒不同，他似乎掌握了什麼眉目。

「你認爲是逃走，怎麼說？」

他已經不再想睡了，彷彿很愉快地斟酌著如何說明：「西松睽隔三十五年後見到的雙葉誠和布施燿子兩人帶著年紀像是孫子的孩童對吧？假設那就是他們的孫子，這表示兩人後來結了婚。當然，這一點也無法求證。」

「然後呢？」我催促著。

「學生運動人士與資本家的女兒。兩人都知道彼此想結婚會有很大的阻礙，但他們卻結婚了，這表示他們若非靠著愛情的力量突破障礙，就是訴諸非常手段。」

「所謂的非常手段是？」

「私奔！手牽著手逃跑。」

他所說的逃走指的是私奔嗎？原來如此。雖然只是想像，不過以解謎遊戲來說，這的確是最恰當的結論。問題在於，與朋友一起去度假，到了目的地後卻採取這種行動，這未免太缺乏常識了，何況直到失蹤之前，朋友們會完全察覺不到任何跡象嗎？

「雖然不過是想像加上想像，但是……」火村像在回答我的疑問：「在他們消失的前一個晚上，突然來了一個怪異的男人——成爲大家談論焦點、以爲是刑事的男人。如果那個男人身上確實散發出刑事的氣息，很可能就是私家偵探吧？假設穿開襟襯衫的男人是私家偵探，那他又是爲了尋找什麼而來？應該是要調查客人之中的某個人吧？」

「也就是說……調查雙葉誠和布施耀子？」

「有此可能不是嗎？或許是布施耀子的有錢父母聘請的偵探。這對被禁止的戀人察覺對方的眞正身分，體認到兩人即將被拆散的重大危機，知道不能再猶豫了，決定趁偵探向父母親回報前逃走。若是這樣，就可以理解他們從窗戶逃出的理由了。玄關和後門嚴重損壞到必須修理，若是讓門發出軋軋聲響把偵探吵醒，事情就麻煩了，因此只好利用窗戶。」

「你的推測太大膽了。」

「純粹是想像。」火村笑著拉過煙灰缸，點起駱駝牌香菸。

「我懂了，是無法否定兩人有私奔的可能性存在。不，不僅無法否定，還得承認你的推測相當有趣。不過，你剛剛斷定他們『從窗戶逃出』，是從窗戶逃到庭院呢？還是沙灘？」

火村肯定地回答：「沙灘。」

「沙灘也未留下腳印。」

「應該有留下吧！」他把煙霧吐向天花板：「不過，有栖。」

「嗯？」

「解開謎底之前我想問你一件事。你從剛才就一直說些什麼不可思議啦、推理啦、密室啦，但是西松自己有這樣說過嗎？」

我一時無法瞭解他話中之意。

「西松可能驚嘆見到了三十五年未曾見面的人，但應該沒有說他們是莫名其妙的消失吧？」

被這麼一說，我試著回想談話那時，他只有說過「蒸發」兩字，而蒸發就等於「失蹤」。

「或許沒有留下腳印對他而言並非不可思議。」

怎麼可能？「不，他說了好幾次『無法明白』。」

「他是說『大家都認爲不是從窗戶離開』、『很難說是從窗戶跳到沙灘上』，也說過『當時覺得很不可思議』吧？如果你不是一直說著什麼密室、密室的，也不亂問什麼沒辦法利用繩索或無法跳入海中之類的話，或許他會馬上說出眞相。」

確實，西松雖然有著相當長的獨白，但卻時時思考著我們的談話節奏是否亂掉。不過，我又產生另外一個疑問。

「且慢，你說對西松而言，腳印之謎並不是謎，有何根據？」

「回答前，我先打一通電話。」他伸手拿起電話。

也不知道他想打給誰，先撥給查號台之後，再撥某報社的電話號碼。自我介紹是英都大學的助理教授——故意不說出所屬的學院，表示有很緊急的事要請教。

「很不好意思，圖書館已經閉館，而我人又在找不到資料的地方，所以希望你們幫忙調查……」

他所詢問的事完全出乎我意料之外，但是，由詢問內容可以瞭解他的意圖。

「就是這麼回事。」掛斷電話後，火村回頭望著我：「私奔的兩人不可能刻意抹掉自己的腳印，如果有那種時間還不如逃得更遠。若是如此，腳印就是自然消失了。留在濕濡庭院的腳印不可能自然消失，可是在沙灘上卻能出現奇蹟。」

那天晚上發生了奇蹟，讓滿潮時潮水也無法觸及的腳印消失，幫助兩人順利逃走。

「午夜發生海嘯，」我嘆息出聲：「而且是在地球的另一端。」

一九六〇年五月二十二日，當地時間下午三點十一分，智利發生了動搖整個地球的本世紀最大地震。地震規模八點五，瞬間震幅九點五，震央在智利瓦爾迪維亞（Valdivia）市的海域，西經七十四點五度、南緯三十九點五度。死亡人數光在智利就有大約兩千人。不僅智利與其鄰近各國，連位於地球另一側的日本都受到影響，出現了高達五、六公尺的海嘯，造成了相當大的損害，以三陸沿岸和志摩半島爲中心，有一百九十個人死亡，二十人失蹤，完全毀壞及被沖倒的房屋將近三千戶。第一波海嘯抵達日本的時間是地震發生的二十個多小時之後，也就是日本時間五月二十四日凌晨二點至五點之間。

「如果是在伊豆半島西側，應該沒有太嚴重的損害，頂多只是留在沙灘上的腳印會被沖掉而已。但是，從報紙上得知海嘯肆虐各地的消息後，西松他們也應該明白了發生什麼事。」

「他們知道是智利地震產生海嘯的影響？」

「不，智利大地震在日本並未造成重大災害，所以應該不會知道。只是猜到可能因爲某種原因導致產生巨浪。」

死傷幾千人的地震，坦白說，我沒有什麼眞實感。但是地球有時候就是如此無情，我今天下午造訪的福井城遺跡的部分石牆上也留有福井大地震的災痕。在該次地震中，死者高達三千九百多人。

「有栖，我想起幾天前你說過的蝴蝶效應。如果北京的蝴蝶飛舞會讓紐約的暴風雨產生變化，相對的，智利的大地震應該也會使日本的蝴蝶振翅吧？三十五年前爲了能在一起、拋棄一切逃走的一對戀人，沒有留下任何腳印地消失無蹤，他們或許就是那些蝴蝶吧！」

想到極度慘烈的地震災害，我實在無法將這件事以奇蹟之名來加以美化，但是，不管神施予何等無慈悲的打擊，蝴蝶仍會在某處飛舞，至少，就算遭受暴風雨肆虐，總是希望蝴蝶還能振翅。

「祝福在某處幸福生活的誠爺爺和燿子婆婆身體健康。」火村高舉啤酒杯。

※

旅行歸來的數日後。

一月十七日拂曉。

我被地震驚得翻坐起身，全身發抖。那是造成連在大阪出生的我以身爲關西人而自傲的美麗神戶之毀滅、奪走五千數百條人命的兵庫縣南部大地震。

我祈禱在不幸之中，仍有無數的蝴蝶飛舞。

不是爲了神，而是爲了人類。

尙無法傳送到那樣偏僻的地方。

提到行動電話……

在〈蝴蝶飛舞〉中，本想插入有栖和火村利用電話交談的場景，卻碰上了難題，因爲，翻遍了列車時刻表找尋兼有「駛往螃蟹好吃的地方」與「列車上備有電話」的「特快車」卻遍尋不著。後來花了兩、三天才想到，只要讓有栖攜帶行動電話就可以啦！因爲我當時認爲「帶著行動電話出門非常沒格調，而且在街上看見別人高興地使用行動電話也很不愉快」。

本書就像我和行動電話的格鬥史。

一九九九・四・一二

巴西蝴蝶之謎 ／有栖川有栖著；林敏生譯. --
初版. -- 臺北市：小知堂, 2005[民 94]
面； 公分. -- （有栖川有栖：5 ）
譯自：ブラジル蝶の謎
ISBN 957- 450-375-5（平裝）

861.57 93016818

知 識 殿 堂 · 知 識 無 限

有栖川有栖 05

巴西蝴蝶之謎

作　　者　有栖川有栖
譯　　者　林敏生
發 行 人　孫宏夫
總 編 輯　謝函芳
發 行 所　小知堂文化事業有限公司
地　　址　臺北市康定路 62 號 4 樓
電　　話　(02)2389-7013
郵撥帳號　14604907
戶　　名　小知堂文化事業有限公司
法律顧問　永然聯合法律事務所
書店經銷　凌域國際股份有限公司
登 記 證　局版臺業字第 4735 號
發 行 日　2005 年 2 月 初版 1 刷
售　　價　200 元
本書經由博達著作權代理有限公司安排獲得中文版權
原著書名　ブラジル蝶の謎

購書網址：www.wisdombooks.com.tw
本書如有缺頁、破損、裝訂錯誤，請寄回本公司更換。
郵購滿 1000 元者，免付郵資；未滿 1000 元者，請付郵資 80 元。
ISBN 957- 450-375-5

有栖川有栖

有栖川有栖